Le ranch des Mustangs

Cheval de cœur

Du même auteur, dans la même série :

- Cheval rêvé
- Cheval de feu
- Cheval de nuit
- Cheval sauvage
- Cheval fougueux
- Cheval invisible
- Cheval libre

Sharon Siamon
Illustrations de Stéphanie Hans

Le ranch des Mustangs

Cheval de cœur

RAGEOT

Cet ouvrage a paru sous le titre
Swift Horse, série *Mustang Mountain.*
Whitecap Books, Canada.

Traduction : Ariane Bataille.

ISBN 978-2-7002-3553-1
ISSN 1951-5758

Loi n° 49-956 du 16-07-1949 sur les publications
destinées à la jeunesse.

Pour Ila Morning Camara.

Mauvaises nouvelles

Alison Chant fixait le message qu'elle tenait à la main.

– Non ! Ils n'ont pas le droit de me faire ça ! hurla-t-elle.

Sa voix se répercuta dans la cuisine du ranch des Mustangs. Sa cousine Becky, alertée, entra en coup de vent dans la pièce.

– Alison ? Ça ne va pas ?

– Non, ça ne va pas ! Regarde !

Elle tendit le message à sa cousine et vit les yeux bruns de celle-ci s'écarquiller en le lisant.

– Oh, non, c'est affreux. Tes parents se séparent…

– Tu te rends compte ? s'écria Alison. Ils n'ont pas eu le cran de me l'annoncer eux-mêmes ! Ils ont appelé et laissé un message au palefrenier.

Elle secoua ses cheveux noirs et reprit :

– Ils me traitent comme un paquet encombrant. D'abord, papa renonce à m'emmener à Paris alors qu'il me l'avait promis et il part en voyage de réconciliation avec maman. Ensuite, tous deux m'expédient en vacances au ranch des Mustangs où personne, pas même toi, n'a l'air ravi de me voir.

Les joues naturellement roses de Becky devinrent rouge foncé.

– Ce n'est pas vrai !

– Si, c'est vrai, et tu le sais. Mais je pouvais l'accepter du moment qu'ils étaient prêts à vivre de nouveau ensemble et que je retournais à New York. Je pouvais même te donner ma jument, Ombre.

Elle arracha le message des mains de Becky.

– Et maintenant j'apprends que je ne retourne pas à New York !

– Je suis désolée, Alison.

– Je n'ai pas besoin que tu me plaignes, déclara celle-ci en redressant la tête. Je veux juste mener une vie normale.

– Mais ce n'est pas si tragique, tenta Becky en prenant la main de sa cousine. Si tu restes en Alberta, tu n'as plus besoin de laisser Ombre au ranch, tu peux la garder.

– Ombre est à toi maintenant, rétorqua Alison.

« Je ne suis pas comme mon père qui ne tient jamais ses promesses ! » songea-t-elle.

– Et puis Chuck m'a promis de m'aider à trouver un nouveau cheval, ajouta-t-elle à voix haute. Puisque je ne pars plus, on aura tout le temps d'en chercher un.

Ce cow-boy, arrivé au ranch des Mustangs le mois précédent, devait bientôt regagner le Bar Q ranch où il vivait, près de Calgary.

Alison soupira.

– Maman vient me chercher ce week-end. On retourne à Horner Creek. Je déteste cette ville.

Deux jours plus tard, une remorque vide rebondissait derrière un pick-up sur les cahots de la piste poussiéreuse qui montait au ranch des Mustangs.

– Pourquoi ne m'as-tu pas prévenue que tu laissais Ombre au ranch ? reprocha Marion Chant à sa fille. Je n'aurais pas loué cette voiture et ce van ! J'ai dépensé une petite fortune pour rien !

Alison se rebella :

– Si tu avais pris la peine de me téléphoner, je t'aurais dit que j'avais donné Ombre à Becky. Je t'aurais dit aussi que j'avais besoin d'un cheval pour faire les courses de barils.

– Je n'ai pas les moyens de t'offrir un nouveau cheval. Inutile d'insister.

– Et papa ? Il n'est pas obligé de subvenir à mes besoins ?

M. Chant était un riche homme d'affaires new-yorkais.

– Il assume déjà les frais de scolarité de ta sœur aînée. Tu n'as qu'à demander à ta grand-mère.

– Jamais ! explosa Alison. Grand-mère hait tout ce qui touche à l'Ouest, en particulier à l'équitation western. Tu le sais parfaitement. Mais si je dois vivre en Alberta, je participerai à des courses de barils. Donc, j'ai besoin d'un cheval.

– Tu en avais un, rétorqua Marion, furieuse. Je ne vois pas pourquoi tu l'as donné à Becky.

– Je le lui ai donné parce que je croyais qu'on rentrait à New York. C'est ce qui était convenu, non ?

– Demande à Becky de te rendre ta jument.

– Il n'en est pas question ! s'écria Alison en se tournant vers la fenêtre du pick-up.

La petite mustang qu'elle avait adoptée serait plus heureuse en montagne que dans une banlieue miteuse de Calgary. D'ailleurs Becky l'adorait. Et une promesse était une promesse.

– Le sujet est clos, décréta Marion Chant.

Alison jeta un dernier coup d'œil à la montagne des Mustangs qui disparaissait parmi les sommets des Rocheuses. Puis elle fixa la route devant elle, bien décidée à ne plus adresser un mot à sa mère pendant tout le voyage.

Je veux un cheval !

Alison désigna d'un geste circulaire la salle de séjour de la maison de Horner Creek, terriblement exiguë comparée au ranch des Mustangs, et s'exclama :

– Je ne peux quand même pas rester enfermée ici tout le temps !

– Ce n'est pas ce que je te demande, répliqua Marion. Je veux simplement que tu rentres tôt et que tu cesses de traîner avec des gens que je ne connais pas. Je n'ai pas envie que tu aies des ennuis quand je serai absente.

– Absente ? Comment ça ?

Alison attendit la réponse de sa mère avec curiosité.

– Je vais devoir voyager souvent pour mon travail.

– Oh oui ! Ton travail ! Ton travail, c'est de me gâcher la vie, cracha Alison en jetant son petit sac à dos sur une épaule et en enfonçant son stetson sur sa tête.

– Où vas-tu comme ça ?

– À une course de barils. Chuck vient me chercher.

– Chuck ? Qui est Chuck ?

– Je te l'ai déjà dit, lança Alison par-dessus son épaule. Un garçon que j'ai rencontré au ranch des Mustangs.

– Un cow-boy !

« J'ai l'impression d'entendre grand-mère », songea Alison, parfaitement consciente que sa mère détestait qu'on la compare à sa grand-mère Chant.

– Et il a dix-huit ans.

– Sois rentrée à dix heures et demie !

Alison sortit à grandes enjambées. Pas question de révéler à sa mère que Chuck – Charles Rodney Maxwell McClintock – était l'héritier d'une des plus grosses fortunes de l'Alberta, ni que le ranch de la famille McClintock, le Bar Q ranch, était l'un des plus importants des Montagnes Rocheuses.

Tant mieux si elle imaginait sa fille avec un type peu recommandable.

L'arrivée d'un pick-up bleu foncé couvert de poussière interrompit le cours de ses pensées.

– Salut, Chuck !

Elle s'assit sur le siège avant et poussa un soupir à la vue des mèches hirsutes qui s'échappaient du stetson de Chuck et de ses joues couvertes de taches de rousseur.

Lorsque le jeune homme avait fait son apparition au ranch des Mustangs, elle avait immédiatement détesté ses cheveux roux et son rire bruyant. Mais au fil des semaines, elle avait appris à l'apprécier. Sous ses dehors un peu rustres, c'était un garçon sensible et serviable. S'il n'avait pas été aussi maladroit, elle aurait presque pu tomber amoureuse de lui.

– Bonjour, Alison. Je pensais rencontrer ta mère aujourd'hui.

– Elle n'est pas là.

En fait, Alison espérait secrètement que celle-ci l'épiait par la fenêtre et frémissait d'horreur en voyant la saleté du véhicule.

– Je compte sur toi pour m'aider à trouver un bon cheval, Chuck. J'ai vu des annonces intéressantes dans *Western Rider*.

– D'après mon grand-père, il ne faut pas se fier aux annonces. Les gens ne disent jamais la vérité sur un cheval qu'ils veulent vendre.

– Je croyais que tu ne t'entendais pas avec lui.

– Grand-pa est un vieux grippe-sou tyrannique, mais je respecte son avis sur les chevaux. Crois-moi, si l'annonce précise que le cheval a besoin d'un cavalier expérimenté, ça veut dire que c'est un vrai démon. Et s'il a besoin d'une maison accueillante, c'est qu'il n'en a plus pour longtemps avant d'être envoyé à l'abattoir ou au pré.

Il regarda du coin de l'œil le visage figé de la passagère.

– Si tu en vois un qui te plaît à cette course de barils, tu n'auras qu'à demander à son propriétaire de te le vendre.

– Ça m'étonnerait que j'en trouve un dans un endroit aussi minable, ronchonna Alison.

La course était organisée sur le champ de foire d'une petite ville, à l'ouest de Calgary.

Alison descendit du pick-up et se dirigea d'un pas rapide vers la carrière.

– Qu'est-ce que tu as ? demanda Chuck en la rejoignant. Tu as l'air préoccupée.

– C'est à cause de ma mère. Elle refuse de m'acheter un cheval.

Chuck s'arrêta net et l'attrapa par le bras.

– Qu'est-ce qu'on fait ici, alors ?

Alison se dégagea d'un haussement d'épaule.

– D'abord je trouve le cheval et ensuite le moyen d'obliger ma mère à me l'acheter. Allez, viens. Tu as dit toi-même que c'était l'endroit idéal.

Il éclata de rire.

– D'accord, Alison ! Je suis à tes ordres.

– Et je ne veux pas de jument. J'ai perdu les deux que j'ai eues.

Le visage de Chuck s'assombrit.

– Je sais ce qu'on ressent quand on perd un cheval.

– Oh, désolée, Chuck, je ne voulais pas…

Un peu plus tôt dans l'été, son cheval, Copper, s'était noyé dans un torrent de la montagne des Mustangs.

– Pas de problème.

Ils arpentèrent la carrière en regardant les cavaliers échauffer leurs montures. Alison soupira. Elle aurait bien aimé être à leur place.

– Tu en vois un qui te plaît ? demanda Chuck.

– Ce grand alezan couleur noisette, celui qui est monté par la gamine au chapeau noir.

Chuck repoussa son stetson.

– C'est vrai, il a l'air correct…

– Je ne veux pas d'un cheval correct, Chuck. J'en veux un fabuleux, rétorqua Alison.

Un alezan nommé Skipper

Kristy Jones, douze ans, tenait son cheval à l'écart des autres concurrents. La perspective de courir autour de ces barils l'excitait tellement qu'il serait peut-être difficile à contrôler.

Elle ne remarqua pas la jeune fille brune ni son ami aux cheveux roux qui l'observaient depuis les tribunes.

– Tu dois gagner aujourd'hui, Skipper, murmura-t-elle à l'oreille du grand alezan. Il faut qu'on rapporte le gros lot à la maison.

Depuis deux ans, l'argent se faisait rare au ranch. Le troupeau avait été décimé par la maladie et une partie des récoltes perdue à cause de la sécheresse.

« S'il gagne, ça paiera son entretien », pensa-t-elle.

Kristy se souvenait du jour où elle l'avait découvert. Jamais elle n'avait vu un quarter horse aussi grand. Il appartenait à une lignée de chevaux réputés dans le milieu des courses de barils et ses propriétaires le cédaient à un prix intéressant. Kristy et son père avaient vite compris pourquoi. Skipper ne supportait pas les autres chevaux ; dès qu'un s'approchait, il essayait de le mordre ou de botter.

Pourtant, dès le début, la jeune fille et sa monture s'étaient parfaitement entendues et, après deux ans de dressage, Skipper était devenu un excellent cheval de course de barils.

Cette année, il avait déjà remporté plusieurs prix qui avaient permis de payer l'essence et les inscriptions. Mais, aujourd'hui, le gros lot était de mille dollars !

Enfin, le signal du départ retentit.

Skipper fonça vers le premier baril, le contourna facilement, galopa vers le deuxième qu'il frôla ; le baril tangua mais resta en place. Kristy lança son cheval en ligne droite vers le troisième baril. Ils le passèrent facilement.

Elle se pencha sur l'encolure de l'alezan, une main sur le pommeau de la selle, l'autre refermée sur la rêne. Elle n'avait pas besoin de l'éperonner ni de le cravacher, Skipper adorait cette partie de la course.

Quand ils franchirent la ligne d'arrivée, les bravos fusèrent. Kristy relâcha la rêne, sortit de la carrière et s'éloigna des chevaux regroupés à l'entrée. Ils auraient une deuxième manche à courir ; le meilleur temps serait retenu.

– 15 secondes 2 dixièmes ! annonça le haut-parleur.

Elle caressa le cou de Skipper.

– Bravo, mon vieux, murmura-t-elle. Tu es le plus rapide !

Alors qu'ils s'éloignaient de la carrière, une fille mince aux cheveux noirs courts leur bloqua le passage. Skipper, contrarié, rejeta la tête en arrière. Kristy glissa de sa selle et afin d'éviter tout problème, elle le tint contre elle.

– J'aimerais te parler de ton cheval, dit l'inconnue.

Kristy essaya de rester polie.

– Tu peux te pousser, s'il te plaît ? Je ne voudrais pas que Skipper s'énerve. Il n'aime pas que des inconnus le regardent en face et on a encore une manche à courir.

– Juste une minute. Je m'appelle Alison Chant et ton cheval m'intéresse. Il est à toi, n'est-ce pas ?

– Oui. Mais je n'ai pas le temps d'en parler maintenant.

Kristy s'éloigna rapidement. Cette fille étrange était capable de lui faire rater sa deuxième manche.

Désarçonnée !

Alison retourna se glisser à côté de Chuck, dans les gradins.

– Pas très sympa, la petite. Mais le cheval a l'air génial.

– D'après le programme, il s'appelle Skipper Bug et sa cavalière Kristy Jones. Sa famille n'habite pas loin de chez moi.

– Skipper Bug ? releva Alison très excitée. C'est sûrement un frère de Golden Bug. Un champion de courses de barils.

Elle agrippa le bras de son ami.

– C'est peut-être lui qu'il me faut.

– Attends une minute ! s'esclaffa Chuck. Tu ne peux pas acheter le premier cheval que tu vois.

– Pourquoi pas ?

Alison observa Kristy faire tourner l'alezan à l'extérieur de la carrière.

– Regarde-le, Chuck ! Il me rappelle Soleil, le cheval que Sara Kelly montait au rodéo de Calgary.

– Ne tombe pas amoureuse de lui trop vite, conseilla Chuck. Il n'est peut-être pas à vendre, tu risques de le regretter.

Alison l'ignora.

– C'est bientôt son tour, reprit Chuck. Kristy a une chance de gagner, elle a fait le deuxième meilleur temps.

Le tracteur tirant la herse lissait lentement la piste.

Les barils furent remis en place.

Kristy referma la main sur la rêne et Skipper bondit. Ils voltigèrent autour du premier baril, puis du deuxième.

Kristy choisit la bonne trajectoire pour atteindre le troisième, vira en l'effleurant et fonça vers la ligne d'arrivée.

Alison bondit sur ses pieds.

– Tu l'as vu ? Tu l'as vu galoper ?

– J'ai surtout vu une excellente cavalière ! Cette Kristy Jones sait ce qu'elle fait !

– Je ne te parle pas de Kristy, je te parle du cheval ! Il est fabuleux !

Alison ne pouvait détacher son regard de l'alezan qui piaffait à la sortie de la carrière, sa robe luisant de sueur.

– 14 secondes 9 dixièmes ! annonça le haut-parleur. Kristy Jones et Skipper Bug premiers au classement.

Aucun des six cavaliers suivants ne la battit.

– Elle a gagné ! lança Chuck admiratif.

– Allons lui parler, le pressa Alison. Elle m'écoutera peut-être maintenant.

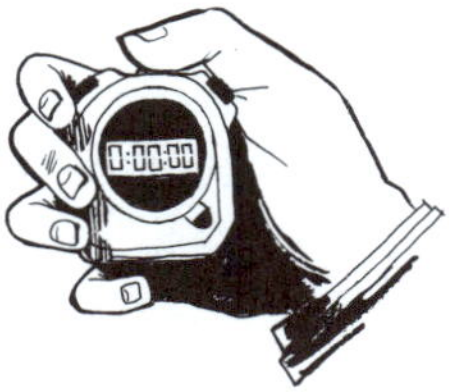

Kristy ramenait Skipper Bug vers les vans lorsqu'ils la rattrapèrent.

– Félicitations ! s'écria Alison en lui tendant la main. Comme je te l'ai déjà dit, je m'appelle Alison Chant, et voici mon ami, Chuck McClintock.

Le visage fin de Kristy se crispa soudain.

– McClintock ? Du ranch de Kananaskis ?

– Mon grand-père possède le Bar Q ranch. Ton ranch est au bout de la route, c'est ça ?

– Oui, mais rien à voir avec le tien.

Elle ôta son chapeau et rejeta fièrement la tête en arrière.

– Le nôtre, c'est le Double J ranch. J'y habite avec mon père et ma petite sœur, Skye.

– J'adore ton cheval, intervint Alison. Il a l'étoffe d'un vrai champion.

Kristy flatta l'encolure mouillée de l'alezan.

– Oui, il a bien couru aujourd'hui. Il faut qu'il se détende maintenant.

– On t'accompagne, si ça ne te dérange pas. Je me demandais si tu accepterais de me le céder.

Kristy se figea. Contrarié, Skipper hennit et s'ébroua.

– Vendre mon cheval ? Jamais de la vie !

– On s'en va, Alison, fit Chuck.

– Même à n'importe quel prix ? insista Alison en se dégageant.

– Mon cheval n'est pas à vendre. Qui veut l'acheter ? Toi ?

Elle examina Alison de la tête aux pieds, de son élégant chapeau à galon d'argent jusqu'à ses bottes de luxe.

– Oui, moi. Pourquoi ?

– Skipper n'est pas un cheval pour toi.

Et elle lui tourna le dos.

Alison resta un instant bouche bée, mais elle se reprit vite :

– Qu'est-ce que tu en sais ? J'ai déjà monté Soleil, le champion du rodéo de Calgary.

– Ce n'est pas pour ça que tu es capable de monter Skipper, rétorqua Kristy. Il ne court que pour moi.

– Ridicule ! cracha Alison, ulcérée.

Chuck s'interposa :

– Kristy connaît son cheval, n'insiste pas, Alison.

– Qu'est-ce qui lui fait croire que je ne pourrais pas le monter ?

Kristy la fusilla du regard.

– Tu veux essayer ?

– Quand ?

– Il y a un entracte avant la course suivante. Les chevaux s'échauffent dans la carrière. Tu peux en profiter si tu veux.

Quand on lui lançait un défi, Alison le relevait.

Elle tendit son sac à Chuck.

– Tiens-moi ça ! J'y vais tout de suite.

– Il vaut mieux que je conduise moi-même Skipper à la carrière, dit Kristy en écartant Alison qui s'apprêtait à saisir la rêne. Il pourrait s'emballer.

« Elle exagère, pensa Alison. Ce cheval a l'air adorable. »

– Laisse-moi tranquille, grogna-t-elle à l'intention de Chuck qui la retenait par le bras. Je sais ce que je fais.

– Très bien, soupira-t-il. Je te regarderai des gradins.

Dès qu'elle fut en selle, Alison sentit un frémissement de protestation parcourir le cheval de la pointe de ses oreilles couchées en arrière au bout de sa queue dorée. Il s'ébroua et partit au galop.

– Hé ! Doucement !

Elle avait à peine tiré sur la rêne qu'elle comprit son erreur.

Skipper pivota sur lui-même avec une telle rapidité qu'elle n'eut pas le temps de réagir et glissa sur le flanc du cheval.

La semelle d'une de ses bottes neuves se coinça dans l'étrier. Elle tenta désespérément de se raccrocher à la selle.

Skipper tourna vers elle un œil furieux, bondit et lui fit mordre la poussière.

Alison entendit des sabots marteler le sol dans son dos. Puis Skipper Bug s'immobilisa. Elle croisa un regard bleu inquiet, reconnut une des cavalières qui concourait. Une autre tenait la rêne de l'alezan.

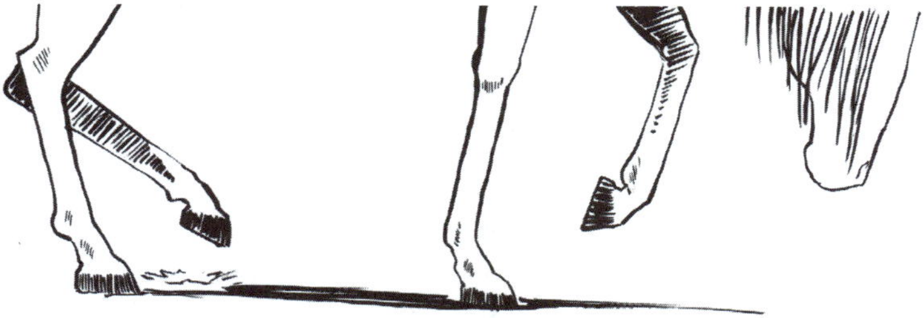

– M... merci, bégaya-t-elle tandis que la jeune fille l'aidait à dégager son pied de l'étrier et à se relever.

– Ça va ? Heureusement que Diane et moi n'étions pas loin. Tu aurais pu te tuer.

– Je sais, ça va, merci.

Les jambes tremblantes, elle s'éloigna, avec l'horrible impression que tout le monde la regardait.

Kristy arriva en courant, l'air effrayée, pour récupérer son cheval.

– C'était un piège ! cracha Alison.

– Pas du tout. Je t'avais prévenue. Skipper n'est pas un cheval pour toi.

– Kristy a raison ! renchérit Chuck, descendu à toute vitesse des gradins.

Il entraîna Alison à l'écart.

– Elle savait que son cheval réagirait de cette manière. Tu as eu de la chance. Tu aurais pu te blesser.

– Si je suis tombée, c'est à cause de ces bottes.

Chuck secoua la tête.

– Arrête, Alison ! C'est le cheval qui t'a désarçonnée. Ne me dis pas que tu veux toujours acheter Skipper ?

– Pourquoi pas ?

– Il n'est pas à vendre.

– Mon père prétend que tout est à vendre si on y met le prix.

– Vraiment ? rétorqua Chuck. J'avais cru comprendre que tu n'étais pas d'accord avec ton père.

Elle ne répondit pas. Elle ne voulait pas ressembler à son père, mais elle voulait ce cheval.

Kristy les regarda s'éloigner et nota avec satisfaction qu'Alison, appuyée sur l'épaule de Chuck, boitait un peu.

– Elle a compris, hein ? dit-elle en caressant l'encolure de son cheval. Quelle frimeuse ! J'espère que c'est la dernière fois qu'on la voit, celle-là !

Elle le ramena au van où son père les attendait. Mike Jones, un homme de petite taille aux cheveux gris clairsemés et aux traits anguleux, l'observa d'un air désapprobateur.

– Tu n'aurais jamais dû laisser cette fille monter Skipper, lui reprocha-t-il.

– Elle voulait l'acheter, papa ! Je lui ai dit que ce n'était pas un cheval pour elle, elle ne m'a pas crue !

– Alors tu as décidé de le lui prouver… Et si elle s'était blessée ?

Kristy se mordit la lèvre.

– Imagine que Skipper se soit emballé ? insista-t-il. Si tu veux continuer à participer à des courses, ne recommence jamais ça !

– Désolée, papa. Elle était tellement arrogante.

Kristy poussa un soupir et releva la tête.

– On a gagné le gros lot, p'pa ! Mille dollars !

Il sourit.

– Ils sont les bienvenus, Kristy. Maintenant, occupons-nous de notre champion. Et ne t'inquiète pas, on ne le vendra pas.

Une rencontre au ranch

Le soleil se couchait sur la banlieue de Calgary quand Chuck déposa Alison devant chez elle.

Après avoir regardé le pick-up s'éloigner, elle monta lentement les marches, tourna la clé dans la serrure et se prépara à affronter sa mère.

Mais la maison était déserte.

Sur le comptoir de la cuisine, un mot était posé : « Je suis partie faire des courses, je t'embrasse, maman. » Elle le froissa et se laissa tomber sur le canapé en soupirant.

Si seulement Becky avait accepté de revenir vivre avec elle à Horner Creek, elle ne se serait pas sentie aussi seule. Elle revit le visage rougissant de Becky lui annonçant sa décision…

– Désolée, Alison, je préfère rester au ranch des Mustangs. Je finirai mes études par correspondance. Maman a vraiment besoin de moi. Et je pourrai entraîner Ombre…

Alison n'était pas dupe. Elle savait que Becky en avait assez de vivre chez les Chant. L'atmosphère était trop lourde, chargée d'agressivité.

« Notre famille est insupportable », pensa-t-elle en se levant pour se regarder dans le miroir. Quand elle découvrit ses vêtements couverts de poussière, elle se rappela sa chute humiliante dans la carrière et elle se promit de prendre sa revanche.

Le lendemain matin, Chuck lui téléphona.

– Tu viens au ranch cet après-midi ? J'ai peut-être la solution à ton problème.

– Laquelle ? Tu as acheté un nouveau cheval ?

– Tu verras, répondit-il d'une voix mystérieuse. Je passe te prendre à deux heures.

– Encore Chuck ? s'étonna Marion en apprenant la nouvelle. Tu le vois souvent, ce garçon. Il faut que tu me le présentes.

Alison haussa les épaules.

– Oui, oui. Un jour.

Sa mère n'avait aucune raison de s'inquiéter. Chuck ne l'attirait pas du tout. Elle se demandait pourquoi, d'ailleurs. Peut-être à cause de sa carrure imposante, à l'opposé de la minceur de Rob, le petit ami de Becky ou de l'aisance de Thomas, l'ami de Meg. Chuck n'était pas laid, mais il manquait d'élégance.

Lorsqu'il vint la chercher en début d'après-midi, elle ne put s'empêcher de détailler ses épaules larges et son cou épais. Absolument pas son genre.

– Ta mère n'est toujours pas là ? demanda-t-il en jetant un coup d'œil curieux dans la salle de séjour.

– Non, elle travaille. Elle a un métier, paraît-il.

Elle attrapa son stetson dans le placard de l'entrée.

– Lequel ?

– Je ne sais pas trop. Un truc commercial. Des vêtements de ski, je crois. Pourquoi t'intéresses-tu autant à ma mère ?

Une fois la porte fermée à clé, elle dévala les marches.

– J'essaie juste de te comprendre.

– C'est simple. Je déteste mes parents et la vie que je mène. Je ne contrôle rien, je suis trimballée à droite et à gauche et je n'ai pas le temps de me faire des amis.

Elle monta dans le pick-up avec une grimace de dégoût.

– Berk ! Ce pick-up est une vraie poubelle ! Tu ne le laves jamais ?

Chuck ignora la remarque et lança :

– Ne t'inquiète pas. Ta vie va bientôt changer.

Les terres du Bar Q ranch couvraient une partie des collines du comté de Kananaskis, à l'ouest de Horner Creek. Invisibles depuis la route, les bâtiments entourés de barrières blanches se nichaient au fond d'une large vallée. Habituée à la majesté des contreforts montagneux, Alison trouva cependant le paysage d'une beauté à couper le souffle.

– On est arrivés chez moi, annonça Chuck en se garant devant la maison principale.

Elle perçut une certaine amertume dans sa voix. Tout n'était donc pas parfait dans cet endroit de rêve ?

– Tu rencontreras mon grand-père plus tard. Je veux d'abord te montrer quelque chose.

Il la guida jusqu'à l'écurie où un cheval broutait de l'herbe. Il avait la crinière et la queue noires, quatre balzanes blanches, une robe brun foncé, un corps étroit et une tête énorme. Quand il les vit arriver, il releva la tête et s'approcha. Alison faillit s'étrangler.

– C'est ça que tu voulais me montrer ?

– Je l'ai baptisé Lucky Ralph. Lucky[1] à cause de la tache blanche en forme de trèfle à quatre feuilles sur son front. Et Ralph parce que c'est le prénom de son ancien propriétaire, un cowboy qui l'a perdu au poker.

– Et ce canasson est censé apporter une solution à mon problème ?

– Ce n'est pas parce qu'il a été joué au poker que ce cheval est nul.

Chuck siffla, le bai s'avança d'un pas tranquille.

– Ralph était complètement fauché, j'en ai profité.

1. Signifie « porte-bonheur ».

Lucky Ralph tendit le cou pour voir si Chuck lui apportait une friandise.

– Je reconnais qu'il est un peu maigre, mais il se remplumera vite si on le nourrit bien.

– Je n'ai jamais vu un cheval aussi laid.

– La beauté n'est pas tout, marmonna Chuck.

– Tu crois qu'il ferait un bon cheval pour la course de barils ?

– Ralph l'a acheté à une course de quarter horses, répondit-il en fouillant dans sa poche. C'était un excellent coureur, seulement il a été malmené.

Il tendit une friandise que Lucky Ralph saisit délicatement entre ses lèvres.

– Tu vois, il est gentil. Hein, Lucky?

Alison soupira.

– Désolée, Chuck, je ne veux pas d'une vieille rosse rafistolée. Je veux un cheval comme Skipper ou Soleil, je veux un champion. Pour gagner !

Chuck observa l'air buté de la jeune fille.

– J'imagine qu'on t'a toujours habituée à acheter ce qu'il y a de mieux, dit-il lentement. Mais il y a des choses que l'argent ne suffit pas à acquérir, des choses qu'on n'obtient qu'en travaillant.

– Je n'ai pas l'intention de dresser un cheval de course sur le retour. Il me faut le meilleur. Si tu ne veux pas m'aider, tant pis.

Elle lui tourna le dos et s'éloigna. Chuck la rattrapa.

– Mais si, je t'aiderai. La prochaine course de barils a lieu samedi à Wilton. Je t'y emmène.

– Je préfère ça, lança-t-elle en souriant.

– Allez, viens que je te présente au pater familias.

– Ton père ?

Elle ne savait presque rien de la famille de Chuck – sauf qu'il était fils unique et que ses parents avaient divorcé.

– Non, mon grand-père. Mon père n'est pas là, il travaille dans l'industrie pétrolière.

Alison se rappela ce que Chuck lui avait dit : le vieil homme était un tyran à qui tout le monde devait obéir. Elle redressa les épaules. Question tyrans, elle en connaissait un rayon.

La maison était lumineuse, éclairée par de grandes fenêtres ouvrant sur les montagnes. Le très haut plafond du salon était soutenu par des poutres imposantes et les murs recouverts du même pin que le plancher ciré.

Un homme aux cheveux argentés, grand, mince, légèrement voûté, se tenait devant l'immense cheminée en pierre.

Main tendue, Alison s'avança vers lui.

– Bonjour, monsieur. Alison Chant.

Les yeux d'acier étincelèrent sous les sourcils broussailleux.

– Alors c'est vous qui retenez mon petit-fils ici et l'empêchez d'aller à l'université McGill de Montréal, où il devrait être en ce moment ?

Alison haussa les sourcils et le fixa d'un air étonné.

– Je le comprends, bien que vous me paraissiez un peu jeune pour lui, ajouta-t-il après l'avoir examinée attentivement. Je me présente, Walter McClintock, son grand-père.

– Chuck m'a parlé de vous, monsieur.

Le vieillard s'esclaffa :

– Je m'en doute ! Chuck m'a dit que votre famille était de New York. J'y suis allé quand j'étais étudiant à Montréal. Trois générations de McClintock sont diplômées de McGill. Chuck appartient à la quatrième, avec son cousin Craig.

Il se tourna vers une baie vitrée.

– Craig ! Viens.

– J'arrive, fit une voix à l'autre bout de la pièce.

Alison se retourna et vit un garçon émerger des profondeurs d'un fauteuil de cuir tourné vers les montagnes et s'avancer vers elle. Son cœur s'accéléra.

Coup de foudre

Craig McClintock était très beau, grand, et d'une minceur athlétique. Ses cheveux bruns bouclés entouraient un visage fin et mat. Il portait une boucle d'argent ciselé à sa ceinture.

– Mon petit-fils Craig a seize ans, il entame sa dernière année de lycée puis il entrera à l'université. Il ne ressemble pas beaucoup à Chuck, n'est-ce pas ?

– Euh... non... bafouilla Alison. Les cousins ne se... ressemblent pas forcément. Becky et moi n'avons pas grand-chose en commun, tu ne trouves pas, Chuck ?

Il la dévisagea en fronçant les sourcils. Elle comprit qu'elle avait mal dissimulé sa réaction en voyant Craig.

– Salut, Craig, dit Chuck. Je ne savais pas que tu venais au ranch aujourd'hui.

– Moi non plus. Je suis là sur l'ordre de grand-pa.

Walter McClintock déclara avec son accent traînant :

– Puisque nous avons la visite d'une jeune fille, j'ai pensé que tous les jeunes gens de la famille devaient être présents.

À ces mots, Alison sentit la colère lui monter au nez. Le vieillard craignait que Chuck refuse de quitter le ranch et de retourner à l'université à cause d'elle, et il avait invité le plus jeune et le plus séduisant de ses petits-fils pour la détourner de lui.

« Pas question que je me prête à ce petit jeu », songea-t-elle.

– Ravie de te connaître, Craig, dit-elle en s'obstinant à regarder la montagne, par-dessus la tête du garçon.

– Chuck t'a montré son canasson aux genoux cagneux ? lui demanda-t-il. Il a de grandes ambitions pour lui, paraît-il.

Elle riposta d'un ton sec.

– Ce cheval a l'air gentil. Ce n'est pas parce qu'il n'est pas beau qu'il ne vaut rien.

Le visage de Chuck s'éclaira. Alison jeta un coup d'œil au vieux McClintock dont les yeux de rapace lançaient des éclairs.

– Craig ? Tu devrais faire visiter le ranch à notre jeune invitée.

Ce dernier parut surpris, mais sourit poliment et se tourna vers Alison.

– Ça te ferait plaisir ?

– Une autre fois, peut-être. Chuck m'a promis de me ramener à la maison. Ma mère s'inquiétera si je suis en retard. Ne vous en faites pas, monsieur ; comme vous l'avez dit je suis trop jeune pour Chuck. Nous sommes simplement amis, n'est-ce pas, Chuck ?

– C'est vrai. Et comme tu peux le constater, grand-pa, Alison est beaucoup trop stylée pour s'intéresser à un balourd dans mon genre. Je t'ai raconté comment elle avait découvert que je n'étais pas le cow-boy que je prétendais être ?

– Tu faisais semblant d'être un cow-boy ? s'étonna Craig.

– Être un McClintock rend parfois les choses difficiles, articula lentement Chuck en fixant son grand-père. Tu viens, Alison ?

Elle lui adressa un grand sourire et quitta la pièce après avoir salué son grand-père. Chuck n'était finalement pas aussi niais qu'elle le croyait.

En cours de route, il déclara :

– Tu sais, Alison, Craig est un chic type. Ce n'était pas sa faute. Grand-pa aime nous manipuler comme si nous étions de simples pions sur un échiquier.

– Je sais. Ma grand-mère fait exactement la même chose. C'est à cause d'elle que mes parents se sont séparés. Elle est persuadée que ma mère n'est pas assez bien pour l'extraordinaire famille Chant.

– Pareil pour les miens, soupira Chuck. Ma mère ne supportait plus d'être tyrannisée par mon grand-père. J'ai adoré la façon dont tu lui as tenu tête !

– Je me demande ce qui les motive…
– Ne pensons plus à eux. Tu es toujours d'accord pour la course de barils de samedi ? Je viens te chercher ?
– Bien sûr. À propos de chevaux, je regrette pour Lucky, mais ce n'est pas le genre de…
– Pas de problème, répondit Chuck en riant. Je suis déjà très heureux que tu me considères comme ton ami.
Alison se sentit rougir.

Au Double J ranch, Kristy Jones déposa une brassée de foin dans la mangeoire de Skipper.
– Tu vas être obligé de gagner toutes les courses cet automne si tu veux manger à ta faim pendant l'hiver.
Skipper releva la tête et hennit légèrement.
– Notre récolte a été si mauvaise qu'on sera obligés d'acheter du foin, continua Kristy. Et il coûte cher. Or tu as besoin de la meilleure nourriture pour courir vite, pas vrai, Skipper ? Allez, encore deux ou trois corvées et on s'entraîne ! lança-t-elle.

Elle s'apprêtait à sortir Skipper quand sa petite sœur, Skye, arriva en courant.

– Viens vite ! Papa est malade !

Kristy courut à la maison où elle trouva son père effondré sur une chaise de la cuisine, le visage livide.

– Mes pilules… dans la salle de bain…

Elle vola au premier étage, attrapa un flacon et dévala les marches.

– Les voilà !

Elle lui tendit une pilule blanche qu'il saisit et croqua. Quelques secondes plus tard, ses joues avaient repris une couleur normale et il respirait plus facilement.

– Viens t'allonger, papa. Je vais te préparer du thé.

Elle le soutint jusqu'au séjour pauvrement meublé et remarqua alors l'expression effrayée de sa sœur qui les avait suivis. Elle la serra dans ses bras pour la rassurer.

– J'ai… j'ai eu si peur ! balbutia Skye entre deux sanglots. Je ne savais pas si je devais rester avec papa ou venir te chercher.

– Tu as bien fait de m'appeler, murmura Kristy. Papa se sent mieux maintenant. Le docteur a promis que tout irait bien s'il prenait ses pilules. Je vais te montrer où il les range, comme ça, la prochaine fois, tu pourras les lui donner toi-même, d'accord ?

– Je voudrais que maman soit là.

– Chut ! Moi aussi, mais il ne faut pas en parler devant papa. Viens avec moi préparer le thé.

Après la sécheresse et la maladie qui avait décimé le bétail, leur mère Marta avait quitté le ranch pour vivre à Edmonton.

– Tu seras bien avec ton père, avait-elle dit en caressant les cheveux auburn de sa fille aînée. Vous aimez tous les deux les chevaux et ce misérable ranch. Dès que je serai installée, je viendrai chercher Skye. Je ne veux pas qu'elle grandisse ici.

Six mois avaient passé depuis son départ, et Skye était encore là. Kristy était persuadée que sa mère reviendrait si son père lui avouait qu'il était gravement malade. Toutefois il s'y refusait.

Elle prépara le thé tout en se demandant qui l'accompagnerait à la course de Wilton. Son père n'en serait pas capable. Or ils avaient dépensé beaucoup d'argent pour inscrire Skipper. Il devait gagner !

Présentations

Alison se sentait totalement déloyale envers Chuck.

Depuis sa visite au Bar Q ranch, le visage de Craig l'obsédait. « Tu ferais bien de grandir un peu, ma vieille, se dit-elle. Tu tombes amoureuse depuis que tu as douze ans, et ça n'a jamais duré ! Rappelle-toi Jesse, la première fois que tu es allée au ranch des Mustangs. Et l'année suivante, Chance, le mystérieux cavalier, qui n'était en réalité qu'un affreux chasseur de primes. »

Elle avait beau essayer de l'oublier, le visage de Craig continuait de l'obséder.

Jour après jour.

Elle aurait voulu se convaincre qu'il n'était qu'un enfant gâté, mais il avait eu l'air aussi gêné qu'elle par la tentative de son grand-père de les réunir. S'ils se revoyaient, elle lui en parlerait.

Le vendredi, Chuck lui téléphona.

– Tu es toujours d'accord pour assister à la course de barils de Wilton ?

– Bien sûr.

– Je viendrai te chercher demain matin à huit heures.

– Pourquoi si tôt ?

– Les courses de barils commencent à dix heures et je dois passer prendre Craig.

– Craig ? faillit s'étrangler Alison.

Elle pouvait dire adieu à ses bonnes résolutions.

– Il nous accompagne. Ça ne te dérange pas ?

– Euh... non, bien sûr que non, bafouilla-t-elle. À demain matin.

Le cœur battant, elle raccrocha.

C'était plus fort qu'elle.

Le samedi matin, elle se changea quatre fois de suite.

Première tenue : trop banale.

Deuxième tenue : trop voyante.

Troisième tenue : trop séduisante.

Quatrième tenue : trop terne.

Finalement, à court d'idées et de temps, elle enfila une chemise écossaise bleue et un jean noir.

Quand Chuck la vit, il siffla d'admiration et s'écria :

– Ouah ! Tu es super !

Elle ne put retenir un sourire. Pour masquer son impatience à l'idée de revoir Craig, elle proposa :

– Je te présente ma mère ?

– D'accord.

Marion eut un hoquet de surprise à la vue de tant de rousseur et de muscles.

– Ravi de vous connaître, madame, lança Chuck de sa voix de stentor. Votre fille vous ressemble énormément !

Alison aurait voulu disparaître dans un trou de souris. Sa mère dévisageait le garçon avec un étonnement visible.

– Excusez-moi, dit-elle. Alison ne m'avait pas prévenue de votre visite.

– C'est ma faute. J'aurais dû me présenter plus tôt.

Le regard de Marion s'attarda sur les bottes de cow-boy poussiéreuses et les traces qu'elles avaient laissées sur le sol. Alison sentait sa mère sur le point de faire une remarque désagréable et redoutait qu'elle refuse de la laisser sortir.

– Tu sais, maman, la famille de Chuck possède un ranch gigantesque à Kananaskis. Son père travaille dans l'industrie pétrolière.

– Vraiment ? se détendit Marion.

– C'est exact, marmonna Chuck. Est-ce que vous me permettez d'emmener Alison à Wilton assister à une course de barils ? Je vous promets de la ramener de bonne heure.

– Alison n'attend jamais ma permission pour faire ce qu'elle veut. Mais j'apprécie votre délicatesse.

Les manières de Chuck, et la profession de son père, l'avaient conquise.

– Ta mère est agréable, commenta Chuck en s'installant au volant du pick-up.

Alison soupira.

– Oui, ça lui arrive.

– En tout cas, elle est très jolie. Tu lui ressembles.

Il lui jeta un regard en coin et ajouta :

– Tu as quelque chose de changé, aujourd'hui.

« Alors, il l'a remarqué », pensa-t-elle. Elle s'efforça de chasser Craig de son esprit.

– J'espère que Kristy et Skipper Bug viendront à Wilton, déclara-t-elle. Je suis pressée de revoir ce cheval courir.

Kristy fit sortir Skipper Bug de l'écurie et le conduisit jusqu'à la remorque de la famille Dale dont la fille, Melissa, participait comme elle à des courses de barils depuis l'âge de neuf ans.

– C'est sympa de la part de ta famille de m'emmener à Wilton, dit-elle en refermant la porte.

– Normal, répondit Melissa. Vous feriez la même chose si mon père était malade.

Kristy se tourna vers le porche en piteux état de la maison où Skye, debout à côté du fauteuil de leur père, agitait la main pour lui dire au revoir. Bien sûr, ils feraient la même chose, à condition que son père se relève un jour de ce siège. Un frisson lui glaça le cœur. S'il ne guérissait pas, que deviendraient-ils ? Elle ne voulait pas quitter le ranch. Il tombait en ruine, mais elle l'adorait.

– Il faut qu'on gagne aujourd'hui, murmura-t-elle en grimpant dans le camion des Dale.

Une course

Chuck se gara devant une maison construite près de la rivière Elbow dans un des quartiers anciens de Calgary et se mit à klaxonner sans interruption.

– Ça suffit, Chuck ! s'écria Alison en se bouchant les oreilles. Craig t'a entendu, il arrive !

En effet, Craig se dirigeait à grandes enjambées vers le pick-up. Elle le trouva encore plus beau que dans son souvenir. Il ouvrit la portière côté passager et se hissa à côté d'elle. Coincée entre les deux garçons, Alison se sentit prise de vertige.

– Euh, tu t'intéresses aux courses de barils ? demanda-t-elle alors que Chuck démarrait.

Craig haussa les épaules.

– Pas spécialement. Mais je n'avais rien d'autre à faire.

Quand il se tourna vers elle en souriant, elle crut qu'elle allait fondre.

– Je suis sûr que ça te plaira, lança Chuck. Il y a plein de jolies filles... et de beaux chevaux. Alison en a repéré un qui s'appelle Skipper Bug, un grand alezan rapide et puissant.

– Tu veux l'acheter ? questionna Craig.

– J'aimerais bien ! s'exclama Alison. Et je suis pressée de le revoir courir et gagner.

Elle sentait l'excitation pulser dans ses veines. Craig était assis à côté d'elle et bientôt Skipper, ce fabuleux cheval, lui appartiendrait peut-être.

Dès que Kristy fit descendre Skipper de la remorque, elle comprit qu'il n'était pas dans un bon jour. Il trébucha sur la rampe, avança vers le cheval de Melissa, Samarkand, et fit mine de lui mordre le cou.

– Arrête, Skipper ! Je suis désolée, Melissa. Je vais l'échauffer à l'écart des autres montures.

Elle le sella rapidement et l'entraîna plus loin.

– Allons, mon vieux. Tiens-toi tranquille. Laisse-toi faire.

Une fois en selle, elle dut déployer des trésors d'habileté pour l'empêcher de charger les chevaux rassemblés autour de la carrière.

– Ça va aller, ça va aller, répéta-t-elle en se penchant pour flatter l'encolure du grand alezan sous sa crinière dorée.

Ils gagnèrent la manche des juniors, battant Melissa sur Samarkand. Restait le sweepstake où les vainqueurs de chaque section concouraient pour remporter le gros lot.

Afin de détendre Skipper, Kristy l'obligea à décrire des cercles autour de la carrière.

Enfin, leur tour arriva.

Kristy était prête. Elle leva sa rêne. À son signal, Skipper s'élança comme une fusée vers le premier baril.

C'est à peine si elle entendit l'annonce qui retentit dans le haut-parleur :

– Désolé... vous devez reprendre le départ ! L'œil électronique n'a pas fonctionné.

Skipper se penchait déjà pour prendre son premier virage. Déséquilibré par sa cavalière que l'annonce avait déconcentrée, il heurta le baril.

– Kristy Jones, revenez au départ s'il vous plaît.

La jeune fille connaissait son cheval. Elle savait qu'il lui faudrait du temps pour se calmer après ce faux départ. Elle parvint à le faire sortir de la carrière sans incident et elle se pencha pour lui chuchoter à l'oreille :

– Tout va bien, Skipper Bug, on a droit à un deuxième essai. Et cette fois, il n'y aura pas de problème.

Soudain elle aperçut Alison qui, sourcils froncés, avançait vers elle à grands pas. Le jeune homme roux et un garçon brun la suivaient d'un air gêné.

– Comme si on avait besoin d'eux, grommela-t-elle.

Elle éloigna Skipper en lui faisant décrire un large cercle, mais la voix d'Alison résonna haute et claire dans son dos :

– Les organisateurs auraient pu s'assurer avant la course que l'œil électronique fonctionnait !

Skipper Bug s'ébroua et secoua la tête.

Mains sur les hanches, Alison jeta un regard noir à Kristy.

– Tu ne protestes pas auprès des organisateurs ?

Pour qui cette fille se prenait-elle ? Kristy se pencha pour caresser la crinière de Skipper.

– Tu peux te pousser, s'il te plaît ? J'essaie de le préparer pour le deuxième essai qui a lieu dans quelques minutes.

Et elle s'éloigna.

Skipper fila comme une flèche autour du premier baril, contourna le deuxième, fonça vers le troisième, au bout de la carrière, le frôla pour gagner de précieuses secondes…

Trop près ! Le troisième baril chancela et tomba alors qu'ils approchaient de la ligne d'arrivée.

Une exclamation désolée retentit parmi les spectateurs. La chute d'un baril pénalisait le concurrent de cinq secondes. C'était suffisant pour ne pas remporter la course.

Kristy ralentit sa monture. Inutile de prendre des risques. Ils avaient perdu le sweepstake et le gros lot. Cette journée était un fiasco. Son prix en division junior couvrirait à peine les frais d'inscription.

– Je suis désolée, dit-elle à Mme Dale. Vous nous avez amenés pour rien.

Elle sentit des larmes de déception lui monter aux yeux.

– Ce n'est pas grave, ma chérie, répondit la mère de Melissa. Tu ne peux pas gagner toutes les courses.

Kristy ôta la bride de Skipper.

– Il le faudrait, pourtant, murmura-t-elle en lui mettant son licou.

Alors qu'elle l'éloignait de la carrière, elle vit Alison venir vers elle.

– Tu devrais déposer une réclamation auprès des organisateurs ! C'est leur faute si Skipper a perdu !

– En quoi ça te regarde ? demanda Kristy.

– Ça me regarde parce que je veux l'acheter. Je t'en offre vingt mille dollars.

Kristy se figea de stupéfaction. Vingt mille dollars ! C'était une somme suffisante pour assurer le fonctionnement du ranch pendant plusieurs mois.

Elle serra plus fort la longe de son cheval. Jamais elle ne se séparerait de lui !

Vingt mille dollars

– Alors ? Qu'est-ce que tu en penses ?

Alison affichait un visage arrogant, mais intérieurement elle s'inquiétait de son audace. Elle ne possédait pas vingt mille dollars, loin de là. Et si Kristy acceptait ?

– Il faut que je demande à mon père, murmura Kristy.

– Il est ici ?

– Non, il a dû rester à la maison. Tu peux me laisser ton numéro de téléphone ? Je t'appellerai.

– Bien sûr.

Alison sortit un carnet de son sac à dos, arracha une page, nota son numéro et la lui tendit.

Kristy fourra le papier dans sa poche sans le regarder et murmura :

– Je vais réfléchir.

– Quel cheval magnifique, soupira Alison en les voyant s'éloigner.

Craig et Chuck la rejoignirent.

– Qu'est-ce qu'elle a dit ? s'inquiéta ce dernier.

– Qu'elle allait réfléchir.

– Ce n'est pas un cheval pour toi, déclara Chuck. J'ai bien observé Kristy. Elle a du mal à le maîtriser, pourtant elle le connaît depuis des années.

Alison rejeta la tête en arrière et rétorqua :

– Ce n'est qu'une petite fille. Je n'aurai aucun mal à dominer Skipper une fois que je lui aurai montré qui commande.

Craig éclata de rire.

– Tu es toujours aussi sûre de toi ?

– Oui, quand j'ai raison !

– Et même quand tu as tort, grommela Chuck.

Les yeux noirs de colère, Alison le maudit de la connaître si bien.

Tout en aidant Kristy à faire monter Skipper Bug dans la remorque, Melissa lança :

– Je t'ai vue parler avec Alison Chant.

– Tu la connais ?

– Oui. C'est une amie de Sara Kelly. Elle habite Horner Creek.

– Elle participe à des courses de barils ?

– Elle en a fait quelques-unes au printemps sur une jolie petite jument mustang.

– Je ne vois pas pourquoi elle veut acheter mon cheval, alors. Elle vient de m'en proposer vingt mille dollars.

– Elle peut se l'offrir. Sa famille est très riche.

C'était donc vrai ! Alison voulait réellement acheter Skipper ! Kristy soupira.

Elle était certaine que son père accepterait. Un cheval, aussi beau soit-il, pouvait toujours être remplacé. Ce n'était pas le cas du ranch.

Le lundi suivant, le téléphone sonna à Horner Creek.

– Bonjour, c'est Kristy Jones.

Alison respira à fond.

– Salut.

– Mon père et moi acceptons de te vendre Skipper, annonça Kristy d'une voix rauque. Pour vingt mille dollars, comme tu l'as proposé.

– C'est… super.

Tout à coup, elle se demanda si elle n'en avait pas offert un prix trop élevé.

Kristy poursuivit :

– Euh… il y a une condition. On voudrait être sûrs que tu peux le monter.

– Mais bien sûr que je le peux ! répliqua Alison, médusée.

– Alors viens au ranch mercredi. Il se trouve sur la route de Bighorn, le deuxième ranch sur la gauche. À deux heures, ça te convient ?

– J'y serai ! Merci.

Alison raccrocha, furieuse. Quel culot ! Penser qu'elle n'était pas capable de monter Skipper !

Elle voulait ce cheval et elle l'aurait. Il ne restait qu'un petit problème à régler.

Trouver vingt mille dollars.

Ce soir-là, Alison débarrassa la table.

– C'était délicieux, maman. Tu sais, j'apprécie vraiment de partager un repas avec toi.

Surprise, Marion leva la tête.

– Merci, Alison.

Celle-ci se rassit, coudes sur la table, menton dans les mains.

– J'ai l'impression que nous n'avons jamais le temps de parler toutes les deux. Comment ça se passe à ton travail ?

– Très bien. Je vais peut-être partir bientôt au Japon négocier un contrat.

– Ouah ! Fantastique ! Tu veux un café, maman ?

– Avec plaisir. Et toi, Alison, comment ça va ?

– Bien, répondit-elle en remplissant la cafetière. J'ai trouvé un cheval qui me plaît. Il coûte vingt mille dollars.

Sa mère poussa un hoquet de surprise.

– Vingt mille dollars ? Tu sais ce que je t'ai dit. Il est hors de question d'acheter un nouveau cheval. Encore moins s'il coûte vingt mille dollars !

– Et si je pouvais me l'offrir ?

– Ce serait différent, admit Marion. Mais c'est du domaine du rêve !

– Peut-être pas.

– Comment ça ?

Alison posa deux tasses sur la table.

– J'en ai parlé à papa. Il accepte d'en payer la moitié.

– Il ne veut pas m'aider et il te donne dix mille dollars ? s'étonna sa mère.

Alison soupira.

– J'imagine qu'il se sent coupable d'avoir vendu Duchesse sans me le dire.

Après un silence, sa mère déclara :

– Ça ne représente que la moitié de la somme.

– C'est vrai, mais j'ai deux mille dollars sur mon compte d'épargne. Et grand-mère Chant doit m'en envoyer mille six cents pour mon anniversaire, en octobre.

– Il en manque encore plus de six mille.

– Je sais. Si je trouve un job à mi-temps, je pourrai te rembourser.

Alison leva sur sa mère des yeux suppliants et ajouta :

– Maman, je serais si heureuse d'avoir ce cheval. Je te promets de préparer l'examen pour obtenir une bourse d'entrée à l'université, de ranger ma chambre, de t'aider à tenir la maison. Tu verras, on montrera à papa qu'on est indépendantes !

Après un silence, Marion se pencha vers sa fille.

– C'est très important pour toi, n'est-ce pas ?

– Plus que tout au monde !

– Tu crois pouvoir trouver une écurie pour ce cheval ? Et travailler pour payer sa pension ?

– Bien sûr ! Je donnerai des leçons d'équitation.

– Il faut que je contracte un emprunt alors. De six mille dollars.

En route pour le Double J ranch

Lorsque Chuck apprit que les propriétaires de Skipper voulaient voir Alison monter, il se libéra pour l'accompagner.

En chemin, elle lui demanda sur un ton qu'elle espérait détaché :

– Craig ne vient pas aujourd'hui ?

Il se mit à rire.

– Je crois qu'il avait plus intéressant à faire... Et tu ne veux pas savoir pourquoi moi j'ai accepté de te conduire là-bas ?

– Parce que tu es mon ami, non ?

– Alison, tu ne peux pas acheter Skipper. Même si tu réussis à le monter, où trouveras-tu les vingt mille dollars ?

– Je les ai, répondit-elle d'un air suffisant.
Chuck ouvrit de grands yeux.
– Quoi ?
– J'ai demandé à mon père. Il a fini par accepter d'en payer la moitié.
– Dix mille dollars ? Ton père te gâte trop.
– Pas du tout. Il me les doit.
– N'empêche qu'il t'en manque dix mille.
– Ma grand-mère doit me donner de l'argent pour mon anniversaire, j'ai des économies et j'ai réussi à emprunter le reste à ma mère.
– Comment ? questionna Chuck.
Alison haussa les épaules.
– Facile. Je lui ai promis de trouver du travail, d'obtenir une bourse pour payer mes études à l'université, d'être serviable et de ranger ma chambre.

Chuck repoussa son stetson sur son front.
– Rappelle-moi de venir te voir la prochaine fois que j'aurai besoin d'un conseil financier ! N'empêche que tu ne possèdes pas encore vraiment cet argent.

– Ne t'inquiète pas pour moi. Je paierai Kristy, tôt ou tard.

– J'ai l'impression que le plus tôt sera le mieux, marmonna-t-il en ralentissant à la hauteur d'une vieille boîte aux lettres qui marquait l'entrée d'un chemin de terre.

Il stoppa le pick-up.

– Pourquoi tu t'arrêtes ? s'étonna Alison.

Chuck plissa les yeux.

– J'aimerais essayer une dernière fois de te faire changer d'avis. Regarde le ranch. Il ne t'est pas venu à l'esprit que Kristy n'avait pas envie de vendre son cheval ? Que son père l'y forçait parce qu'ils ont besoin d'argent ?

– Et alors ?

– Tu veux vraiment acheter Skipper Bug même si cela doit la rendre malheureuse ? Comment réagirais-tu à sa place ?

– Si Skipper était à moi, je trouverais le moyen de le garder, répondit-elle sans hésiter. Je ne laisserais personne me le prendre. On y va.

– Très bien.

Chuck prit la direction du ranch. Après un silence, il ajouta :

– Parfois, tu me fais penser à nos grands-parents. Tu es aussi tyrannique qu'eux.

Alison lui lança un coup d'œil acéré.

– Chuck, je t'interdis de me sermonner comme si tu étais mon frère !

– OK. Mais je persiste à croire que tu commets une erreur, déclara-t-il.

– Les voilà, papa ! s'écria Kristy en voyant le pick-up bleu remonter le chemin dans un nuage de poussière.

Son père sortit lentement de la maison.

– Ils n'ont pas de remorque.

– On doit d'abord s'assurer qu'elle peut monter Skipper. Pas question qu'elle l'achète si elle en est incapable.

Son père hocha la tête.

– Bien. Prépare tout. Je viendrai juger comment elle se débrouille.

Et il regagna la maison à pas lents.

Kristy savait que son père était gêné de vendre Skipper mais qu'il avait besoin de cet argent. Depuis qu'elle lui avait parlé de la proposition d'Alison, il paraissait soulagé.

– Viens Skipper, c'est l'heure de ta démonstration, murmura-t-elle à son alezan.

Elle l'avait lustré jusqu'à ce qu'il brille comme un sou neuf. Sa crinière était bien peignée, ses sabots impeccables.

Kristy regarda Alison descendre de voiture et brosser son stetson. Une bouffée de haine l'envahit. Pourquoi cette fille avait-elle tout ? Pourquoi pouvait-elle s'offrir Skipper d'un claquement de doigts ? Pour elle, la course de barils n'était qu'un simple divertissement.

Skye sortit en courant de la maison et glissa sa main dans celle de sa sœur.

– C'est elle qui va emmener Skipper ? demanda-t-elle à voix basse.

– Si elle arrive à tenir dessus, répondit Kristy.

– J'espère qu'elle monte très mal.

– Moi aussi. Mais promets-moi de ne rien faire pour énerver Skipper.

Elle observa le petit visage déterminé de sa sœur et insista :

– C'est important ! Promets-le-moi !

– C'est promis, souffla Skye en faisant la moue.

Kristy s'avança vers Alison :

– On a installé des barils dans l'enclos. Tu veux seller Skipper et faire un tour ?

Galop d'essai

Alison saisit la longe et guida Skipper jusqu'à l'écurie. Il se laissa conduire comme un cheval de manège habitué à être sellé et bridé par des étrangers.

Elle examina d'un œil critique les box rafistolés et le toit qui s'affaissait. La selle et la bride de Skipper étaient usées, mais propres. Elle lissa le tapis de selle sur le dos de l'alezan, posa la selle assez haut, puis la fit redescendre doucement.

Elle ne quittait pas des yeux les oreilles de Skipper. Si elles étaient inclinées un peu en arrière en signe de protestation, elles n'étaient pas couchées ; il n'était donc pas en colère.

– C'est bien, mon grand, murmura-t-elle en passant la main sous son ventre pour attraper la sangle. Je ne la serrerai pas trop avant qu'on soit prêts.

Sachant qu'il était attentif à tous ses mouvements, elle prit soin de se tenir légèrement à l'écart et de ne pas le regarder dans les yeux.

Enfin, d'une main experte, elle lui enfila la bride.

– On y va, mon beau.

Skipper Bug la suivit tranquillement.

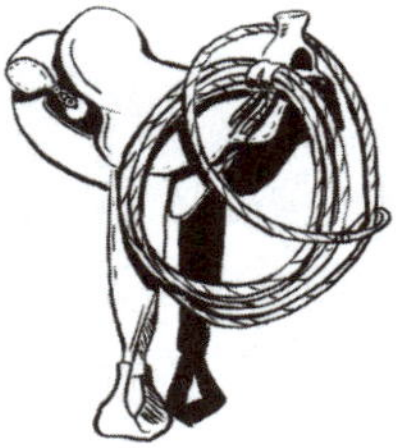

En prévision de cet essai, Alison portait un jean usé et des bottes adéquates. Elle ne voulait pas courir le risque de se coincer le pied dans l'étrier. En arrivant à la porte de l'enclos, elle s'aperçut que le sol était inégal et les barils plus rapprochés que pour une compétition.

– On va commencer en douceur, promit-elle à l'alezan.

Elle tenait à prouver qu'elle pouvait le faire galoper en toute sécurité autour des obstacles.

Appuyés contre la barrière, Chuck, à côté d'un vieil homme, le père de Kristy sans doute, Kristy et sa sœur, l'observaient en silence.

« Ils attendent que je tombe, pensa-t-elle soudain. Je vais leur montrer ! »

Alison se savait bonne cavalière. Elle avait remporté plusieurs concours de dressage. Elle devait juste convaincre ce cheval qu'elle le respectait mais qu'elle était le chef.

Une fois en selle, elle prit les commandes, lui ordonna un virage à droite d'une main douce et ferme, puis le fit avancer au pas jusqu'à ce qu'elle sente son corps se détendre.

Elle savait qu'à la moindre erreur, il l'enverrait mordre la poussière. Elle n'en commettrait pas. Guidant l'alezan autour du premier baril, elle le laissa tourner au large.

Parfait. Au deuxième, maintenant.

Skipper se ramassa, oubliant qu'il portait une nouvelle cavalière. Ils bondirent vers le troisième baril, effectuèrent un virage impeccable et revinrent en direction des spectateurs.

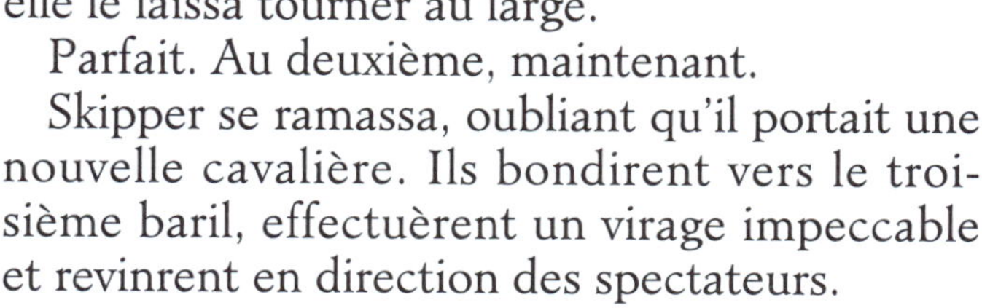

Alison referma la main sur les rênes pour lui faire comprendre qu'il n'y aurait pas de sprint jusqu'à la ligne d'arrivée. Lorsqu'ils atteignirent la clôture, elle lança :

– Bravo mon beau ! C'était parfait !

Puis elle se pencha pour lui flatter l'encolure tout en regardant Kristy. Elle détourna aussitôt les yeux de son visage qui reflétait à la fois l'orgueil et le désespoir. Skye, elle, fixait le bout de ses bottes. Quant à Chuck, il secouait la tête. Seul Mike Jones paraissait assez content.

– Belle démonstration, déclara-t-il en repoussant son vieux stetson. Je suis le père de Kristy.

Alison se laissa glisser de la selle et lui tendit la main.

– Merci. Alison Chant.

– Il paraît que vous voulez acheter ce cheval. Kristy, tu es satisfaite de ce que tu as vu ?

Le visage livide, celle-ci répondit :

– Oui. Elle monte bien.

– Quand voulez-vous conclure l'affaire ? questionna Mike.

Alison avala sa salive.

– Tout de suite.

– Si vite ? s'étonna-t-il.

– Oui, dit Alison en caressant l'encolure de Skipper. J'aimerais l'inscrire à la grande course du Labor Day[1], à Digby, dans dix jours.

– D'accord, mais il y a l'argent, le certificat de vente…

– Si le certificat de vente est prêt samedi, je demanderai à ma mère de vous remettre un chèque certifié de vingt mille dollars, le coupa Alison.

Chuck leva les yeux au ciel.

– Que vas-tu faire de cette merveille une fois qu'elle t'appartiendra ? s'inquiéta Chuck sur le chemin du retour.

– Je demanderai à Sara Kelly de la prendre en pension. C'est chez elle que j'avais mis Ombre. Ils ont une belle carrière d'entraînement.

1. Fête du travail en Amérique du Nord.

– Et comment iras-tu là-bas ?
– Ce n'est pas loin, en bus.
– Je vois que tu as tout prévu.
– Oui, soupira Alison. Il reste juste un petit détail à régler : persuader maman de se procurer ce chèque certifié avant la fin de la semaine.

Chuck éclata de rire en rejetant la tête en arrière.
– Il n'y a que toi pour traiter un chèque de vingt mille dollars de petit détail !

– Mais pourquoi Skipper ne l'a pas fait tomber ? se lamentait Skye, les joues striées de larmes.
– Il est resté calme parce qu'il n'y avait pas d'autres chevaux près de lui, répondit Kristy, le visage appuyé sur l'encolure de Skipper.

Leur père s'approcha d'elles et passa ses bras autour de leurs épaules.
– Allez, on rentre, il est l'heure de dîner.

Kristy se tourna vers l'alezan pour que son père ne voie pas les larmes qui lui montaient aux yeux.

– D'accord, papa. J'arrive tout de suite.

Puis elle murmura à l'oreille de Skipper :

– Je viendrai te donner à manger tout à l'heure et je te promets de passer le plus de temps possible avec toi avant samedi.

Une nouvelle écurie

Ce soir-là, Alison appela le Bar Q ranch.

– Allô ?

– Allô Chuck ? J'ai un problème ! Sara Kelly s'absente pour participer à des courses de barils et son frère n'est pas rentré de la montagne des Mustangs. Je ne peux pas mettre Skipper en pension chez eux.

– Euh… bonjour Alison, ce n'est pas Chuck, mais Craig.

Après un silence gêné, Alison reprit :

– Oh, pardon. Chuck est là ? Je dois lui parler.

– Non, il est à Calgary avec grand-pa. Écoute, pourquoi tu n'amènerais pas ton cheval au Bar Q ranch ? Il y a de la place dans l'écurie et je suis certain que mon grand-père serait ravi de l'héberger.

– Tu crois ? Évidemment, ce serait génial, mais le Bar Q ranch est loin de chez moi et je ne conduis pas.

– Pas de problème, répliqua Craig en riant. Je suis prêt à te conduire où tu veux.

– Je… merci Craig, bégaya-t-elle. Je dois d'abord en parler à Chuck et à ton grand-père. Je vais réfléchir.

Chuck, lui, ne lui avait pas proposé d'héberger Skipper. Était-ce parce qu'il n'approuvait pas son achat ?

– Je suis certain que mon grand-père sera ravi, répéta Craig.

– D'accord, je te donnerai ma réponse vendredi.

Tant qu'elle n'aurait pas trouvé une écurie plus proche de chez elle, le Bar Q ranch ferait l'affaire. Elle s'efforcerait de tenir Craig à distance. Si elle parvenait à lui résister…

Le samedi suivant, Chuck accepta de rejoindre Alison et sa mère au Double J ranch afin de transporter Skipper jusqu'au Bar Q.

– Je n'arrive pas à croire que tu nous obliges à dépenser vingt mille dollars pour un cheval de course de barils ! fulmina Marion en allant à la banque. En plus, la seule agence ouverte aujourd'hui se trouve à l'autre bout de la ville et les formalités pour obtenir un chèque certifié vont nous prendre un temps fou.

– Ce n'est pas ma faute si tu n'as pas pu te rendre à la banque plus tôt à cause de ton travail, grommela Alison, et si j'ai reçu seulement hier le cadeau d'anniversaire de ma grand-mère.

– Tu as eu de la chance qu'elle te l'envoie en avance, rétorqua sa mère.

– Je veux inscrire Skipper à la course de Digby, le 4 septembre. J'ai besoin de lui tout de suite pour m'entraîner.

– Réunir une somme pareille si vite, quelle folie !

– Je te rembourserai, maman, je te le jure. Je travaillerai. De toute façon, Skipper va gagner beaucoup d'argent. La première fois que je l'ai vu courir, il a remporté mille dollars.

– Espérons que tu aies raison, soupira Marion.

Une fois dans l'agence, elles durent attendre une demi-heure l'établissement du chèque certifié.

Enfin, sa mère lui tendit une enveloppe.

– Voici le chèque. Ce cheval a intérêt à se montrer à la hauteur.

Avec un soupir de soulagement, Alison serra la précieuse enveloppe dans sa main.

– Tu comprendras quand tu le verras.

– Je n'aurai pas le temps de le voir, j'ai une réunion. Chuck te ramènera à la maison, j'imagine ?

– Probablement, répondit Alison, déçue. Au fait, le cheval s'appelle Skipper Bug.

Comme elles montaient en voiture, sa mère murmura :

– Si seulement tu n'avais pas abandonné le dressage !

– Tu veux dire que si j'avais gagné des grandes compétitions de dressage, papa n'aurait pas vendu Duchesse, toi et lui n'auriez pas eu cette dispute épouvantable avec grand-mère Chant et vous vivriez toujours ensemble à New York ? C'est ça ?

Voilà donc ce que pensait sa mère : que tous les problèmes survenus depuis l'automne étaient sa faute ?

– Ça suffit, Alison. Je voudrais seulement que tu sois sûre que Skipper Bug est le cheval qu'il te faut et qu'il te rendra heureuse.

Les larmes aux yeux, Alison tourna la tête vers la fenêtre et observa, au loin, les collines verdoyantes.

– J'en suis sûre.

Lorsque sa mère la déposa devant le Double J ranch, Alison se sentait encore blessée par cet échange. Elle remonta l'allée. Quand elle découvrit la silhouette massive de Chuck et le visage contrarié de Kristy, elle se crispa.

Tout en embarquant Skipper dans son van, Chuck tenta d'apaiser Kristy :

– On n'est pas loin, juste au bout de la route. Tu pourras venir le voir quand tu voudras.

– C'est mon cheval maintenant, lui chuchota Alison à l'oreille.

Chuck l'ignora et continua :

– Ne t'inquiète pas, Kristy. On s'occupera bien de lui au Bar Q ranch.

Kristy hocha la tête sans dire un mot.

Skye sauta dans le van et embrassa une dernière fois l'alezan sur le nez.

– Je ne veux pas que tu t'en ailles, Skipper, gémit-elle.

– Viens Skye, ordonna Mike Jones en soulevant sa fille dans ses bras. Il est temps de dire au revoir.

Alison fourra l'enveloppe blanche dans la main de Kristy.

– Voilà ton argent.

Kristy recula d'un bond comme s'il lui brûlait les doigts.

– Donne-le à mon père. C'est pour lui et le ranch.

Alison acquiesça, la gorge serrée.

Elle se tourna vers Mike Jones, qui pressait toujours Skye contre lui.

– Tenez, monsieur Jones. Le chèque certifié de vingt mille dollars.

Il prit l'enveloppe sans sourire.

– Soignez-le bien. C'est un beau cheval.

Skipper pénétra dans un box spacieux de l'écurie du Bar Q ranch en secouant la tête et en hennissant.

– J'attendrai demain avant de le monter, dit Alison à Chuck. D'ici là, il se sera habitué.

– Oui, il sera heureux comme un poisson dans l'eau, répliqua-t-il d'un ton sec.

Alison avait espéré que Chuck retrouverait sa bonne humeur une fois au ranch, mais les yeux verts de son ami étaient toujours aussi froids et il ne lui avait pas souri une seule fois en préparant la litière de Skipper.

Elle tenta de renouer le dialogue :

– Il paraît que Skipper n'aime pas les autres chevaux. Je pense qu'il vaudra mieux le laisser seul un moment, non ?

Chuck hocha la tête.

– À mon avis, il devrait bien s'entendre avec Lucky Ralph, mais on ira doucement.

Alison avait complètement oublié le bai rachitique.

– Comment va-t-il ?

Chuck lui lança un regard noir.

– N'essaie pas de m'amadouer ! Comment as-tu pu te montrer aussi dédaigneuse envers Kristy ?

– Kristy voulait vendre son cheval, rétorqua Alison en rougissant. Moi, je voulais l'acheter. L'argent n'a même pas eu l'air de lui faire plaisir, après tout le mal que j'ai eu à l'obtenir !

– Elle ne voulait pas le vendre, gronda Chuck. Elle y était obligée parce que son père est malade.

– Oh… je ne le savais pas.

– Tu n'avais pas le droit de la traiter de cette façon !

– Eh bien fiche-moi la paix puisque tu me trouves infecte, riposta Alison.

Elle lui tourna le dos. Hormis le raclement de la fourche et le bruit des sabots de Skipper dans son box, l'écurie était silencieuse.

Soudain, des pas résonnèrent derrière elle.

– Salut.

Elle pivota et vit Craig, souriant, qui s'avançait vers elle.

– Qu'est-ce que tu fais là ? jeta Chuck en se tournant vers son cousin, la fourche à la main.

– Eh, attention, c'est dangereux, ce machin-là ! Grand-pa pensait qu'Alison aimerait qu'on la reconduise en ville, et comme je passe par Horner Creek pour rentrer à la maison…

Alison jeta un coup d'œil à Chuck.

– Euh… je vais peut-être rester un peu avec Skipper.

Craig s'approcha du box.

– Comment va ton nouveau cheval ? Pourquoi fait-il les cent pas en agitant la tête ? Il a l'air triste.

– Kristy et sa famille lui manquent, expliqua Chuck. Qu'Alison reste ou s'en aille n'y changera rien.

Brusquement, Alison en eut assez de lui et de ses remarques perfides.

– J'accepterai avec plaisir que tu me raccompagnes à la maison, Craig. Merci.

Et elle sortit de l'écurie, Craig sur ses talons.

Une voiture de sport japonaise jaune pâle était garée à côté de la maison. Tout en s'y asseyant, Alison vit que le vieux McClintock les observait de la véranda, un sourire satisfait aux lèvres.

– Il a tout manigancé, murmura-t-elle.

– Qu'est-ce que tu dis ? demanda Craig.

– Jolie voiture ! Elle est à toi ?

– Non, à ma mère. Elle me la prête de temps en temps. J'ai mon permis depuis un mois.

Après un silence, il reprit :

– Alison, on peut se parler franchement ? Est-ce que tu es la petite amie de Chuck ?

– Non. On est simplement amis. Rien de plus.

« Et encore, en ce moment on ne l'est pas du tout », pensa-t-elle.

– Il ne sera pas jaloux si je t'emmène au ranch demain et que je te raccompagne chez toi ensuite ?

– Pourquoi le serait-il ?

Il se pencha vers elle :

– Génial ! Alors tu veux bien sortir avec moi ? Ce soir, ça te va ?

Entraînement

Alison ne put s'empêcher de rougir.

– Impossible. Je dois préparer Skipper pour notre première course.

L'idée de sortir avec Craig lui donnait des frissons, mais elle savait qu'elle serait incapable de s'entraîner correctement si elle acceptait.

– Je comprends. Rien ne presse. Une autre fois, peut-être.

Pendant le trajet, ils parlèrent de la reprise des cours.

Elle entrerait en première au lycée de Horner Creek, Craig en terminale dans une école privée de Calgary.

– Ensuite, j'irai à l'université sur la côte Est, dit Alison.

– Moi à Montréal. Chuck n'a pas envie d'aller à McGill, pourtant je trouve excitant de vivre si près de New York.

– Vous ne vous ressemblez pas du tout, Chuck et toi, déclara-t-elle alors qu'ils arrivaient. Merci de m'avoir raccompagnée, Craig.

– C'était un plaisir. Appelle-moi si tu veux retourner au ranch, je viendrai te chercher.

Elle descendit de voiture et lui adressa un signe de la main tandis qu'il s'éloignait au volant de la petite voiture de sport. Garder ses distances serait beaucoup plus difficile qu'elle ne l'avait imaginé. Surtout s'il lui servait de chauffeur pour aller voir Skipper au Bar Q ranch.

Marion Chant se détourna de la fenêtre lorsque sa fille entra.

– C'était un nouveau garçon.

– Oui, se contenta de répondre Alison avant de se diriger vers sa chambre.

– J'exige de savoir avec qui tu sors !

– Je ne sors avec personne, maman. Craig m'a raccompagnée à la maison parce qu'une réunion importante ne te permettait pas de le faire.

– Qui est ce Craig?

– Craig McClintock, soupira Alison. Le jeune cousin de Chuck.

– Bien, bien. Tant que c'est un McClintock...

Le lendemain matin de bonne heure, Alison, qui ne voulait rien demander à Craig, supplia sa mère de la conduire au ranch.

– D'accord, mais on part tout de suite, ordonna Marion. J'ai un brunch d'affaires.

Ce dimanche d'août était radieux. Sur la route qui les menait au ranch, les Rocheuses étaient nimbées d'une lumière rose.

– Merci, dit Alison en descendant de voiture. Ce n'est pas la peine de venir me chercher, je demanderai à Chuck de me raccompagner.

Elle le trouva dans l'écurie, une fourche à la main, en train de nettoyer le box de Skipper. Il parut étonné de la voir.

– Je ne pensais pas que tu te levais si tôt.

– Si tu arrêtais tes remarques perfides, Chuck ? riposta Alison. Où est Skipper ?

– Suis-moi.

Il la précéda jusqu'à l'enclos, derrière l'écurie. La tête dans un tas de foin, Skipper mâchait consciencieusement. De l'autre côté du tas, se tenait Lucky Ralph.

– Ils s'entendent très bien tous les deux. Lucky ne le perturbe pas comme les autres chevaux.

Était-ce une idée ou Chuck s'était-il calmé depuis la veille ?

– Tu sais, Alison, continua-t-il, je me demande si c'est une bonne idée de l'inscrire à la course de barils du week-end prochain. Tu ne penses pas que c'est trop tôt ?

– Non.

Elle secoua énergiquement la tête et ajouta :

– J'aimerais travailler seule avec lui un moment. Vous avez une carrière ici ?

– Bien sûr. Là-bas. Tu veux que j'y conduise Skipper ?

– Je m'en occupe. Indique-moi simplement où je peux trouver un licou et une longe.

Dix minutes plus tard, Alison pénétrait dans l'enclos avec le licou sur l'épaule. Au lieu d'avancer vers Skipper, elle se contenta d'observer de loin sa robe alezan clair, sa crinière et sa queue dorées, son arrière-main puissante, ses jambes longues et musclées. Il était magnifique !

Il releva la tête et la regarda.

Elle se retourna et s'éloigna, espérant qu'il la suivrait.

Lorsqu'elle atteignit la barrière, Skipper était juste derrière elle.

– Alors, comme ça, tu es venu m'examiner ? C'est bien. Laisse-moi te passer ce licou. On va faire un tour dans la carrière.

Alison savait que si elle contrôlait Skipper quand elle était à terre, elle le contrôlerait plus facilement une fois en selle.

Elle le guida vers Chuck qui tenait un long fouet muni d'un petit drapeau blanc. À la vue du fouet, Skipper fit un écart.

– Ne t'inquiète pas, le rassura Alison. Ce fouet sert juste à t'indiquer les directions.

Elle travailla avec lui pendant une demiheure, jusqu'à ce qu'il réponde à ses ordres. Puis elle lui donna une friandise et le complimenta.

– Chuck, qu'est-ce que tu en penses ?

Elle détacha le licou et s'avança à grandes enjambées vers lui.

– Il sera parfait à Digby. J'ai encore cinq jours pour le préparer, ajouta-t-elle avec un sourire heureux.

Chuck hocha la tête.

– Tu sais diriger un cheval. Je ne peux pas dire le contraire.

– Merci.

Elle jeta un coup d'œil par-dessus son épaule. Skipper l'avait suivie jusqu'à la barrière.

– Si tu veux vraiment le faire courir, je l'amènerai en van, proposa Chuck tandis qu'ils regagnaient l'enclos avec l'alezan. Craig t'emmènera en voiture.

Craig ! Alison se détourna pour que Chuck ne la voie pas rougir.

Les séances d'entraînement continuèrent toute la semaine. Plus les jours passaient, plus Alison se sentait confiante.

Le samedi matin, jour de la course, elle était si excitée qu'elle oublia que Craig venait la chercher. Elle oublia de se coiffer, de se maquiller, et elle enfila le jean et la chemise qu'elle portait depuis une semaine pour entraîner Skipper.

– Ouah ! s'exclama Craig quand elle monta en voiture. Ça sent le crottin.

– Oh, désolée, j'ai préféré remettre les vêtements que je portais à l'entraînement pour ne pas perturber Skipper. Les chevaux s'habituent à l'odeur de leur cavalier.

– J'expliquerai ça à ma mère quand elle me demandera pourquoi sa voiture empeste.

– J'en conclus que ta famille ne travaille pas au ranch ?

– Non, ce sont tous des citadins, pas des cow-boys.

– Pourtant, tu portes toujours cette grosse boucle en argent.

Il sourit.

– C'est grand-pa qui me l'a offerte. Je la mets quand je suis au ranch.

– Tu aimes faire plaisir à ton grand-père ? s'étonna Alison.

– Ça ne coûte rien de le rendre heureux.

– Chuck ne réagit pas comme toi. Il n'hésite pas à s'opposer à lui.

– Peut-être parce qu'il est le préféré.

Elle sentit une pointe d'amertume dans sa voix quand il précisa :

– C'est lui qui reprendra le ranch.

Il s'engagea sur une étroite route pavée, au milieu des champs dorés. Le ciel immense était d'un bleu étincelant.

Alison se risqua alors à poser une autre question :

– Ça t'ennuie que Chuck soit le petit-fils préféré de ton grand-père ? Tu aurais aimé hériter du ranch ?

– Tu plaisantes ! Tu me vois gérer trois mille têtes de bétail ?

– Franchement, non.

– On a toujours été en concurrence, Chuck et moi. Depuis l'enfance. Il était le grand cousin qui pouvait tout faire, le préféré de grand-père.

Pendant des années, j'ai essayé de rivaliser avec lui. Mais c'est fini. Je m'efforce de suivre ma propre voie loin de tout ce qui a un rapport avec le ranch.

– Je comprends.

Alison pensait à sa grand-mère Chant qui s'évertuait à faire d'elle une parfaite jeune fille mondaine, élégante, distante et arrogante.

– Qu'est-ce que tu aimerais faire plus tard ? demanda-t-elle.

– Tu promets de garder le secret ?

– Promis.

– McGill a une super section théâtrale. J'aimerais devenir comédien.

– C'est génial ! Je suis sûre que tu réussiras. Mais pourquoi le cacher ?

– Tu veux rire ? Grand-pa me balancerait dans un abreuvoir s'il l'apprenait !

– Et tes parents ?

– Ils font ses quatre volontés. Comme tout le monde.

Il désigna la boucle en argent de sa ceinture et ajouta :

– C'est sans doute la véritable raison pour laquelle je porte ça.

Alison se redressa sur son siège et posa sa main sur son bras.

– Et c'est pour faire plaisir à ton grand-père que tu m'as proposé de sortir avec toi ?

Craig rougit.

– On en reparlera plus tard, on arrive. La course a lieu dans cette grange, ajouta-t-il en désignant un grand bâtiment autour duquel des pick-up et des vans étaient garés.

– Regarde ! s'écria-t-elle. Chuck est là avec Skipper !

La première course

– Il est assez nerveux, la prévint Chuck. J'ai l'impression qu'il a mal supporté le voyage.

Alison examina Skipper, attaché au van. La tête haute et raide, la queue plaquée contre les jambes, il présentait tous les signes du cheval nerveux et mécontent.

– J'aurais dû voyager avec lui, se reprocha-t-elle.

Elle caressa l'encolure de l'alezan.

– Il est en sueur !

– Je te l'ai dit, il s'est agité pendant tout le trajet.

Chuck observa le ciel où s'amassaient des nuages blancs.

– C'est un temps d'orage. Les chevaux n'aiment pas ça.

– Tout ira bien, affirma Alison.

Elle sortit un seau et un filet à foin de l'arrière du van.

– Ne t'inquiète pas, Skipper. Je vais te rafraîchir et te détendre avant la course.

– Les juniors courent les premiers, annonça Chuck. Tu veux jeter un coup d'œil à la carrière ?

– Non, je préfère préparer Skipper. Tu peux y aller pour moi ?

– Pas de problème. Viens, Craig. Je crois que cette demoiselle a envie de rester seule avec son cheval.

Alison les regarda s'éloigner côte à côte : Chuck, grand et large ; Craig, plus petit et plus mince, la démarche souple. « C'est Craig qui fait battre mon cœur, pensa-t-elle. Il est plus beau et plus ouvert que son cousin. »

Pourtant, elle aurait aimé que Chuck lui sourie comme avant.

En retournant au van, elle chercha Kristy et sa petite sœur. Assisteraient-elles à la course ?

Kristy Jones se trouvait loin de Digby.

Assise dans la salle d'attente, elle serrait la main de sa sœur. Ce matin-là, avant le petit-déjeuner, son père avait eu un malaise et elle avait appelé une ambulance pour le conduire à l'hôpital.

Il ne s'était écoulé que quelques minutes depuis leur arrivée, mais Kristy et Skye avaient l'impression de patienter depuis des heures. Elles ne pouvaient rien faire, sinon attendre le médecin qui examinait leur père.

Chuck et Craig franchirent la porte à double battant de la grange et longèrent l'allée, délimitée par des traverses, qui s'ouvrait sur la carrière. Près de la ligne de départ, des hommes étaient en train de monter un œil électronique sur un trépied. Un tracteur tirait un râteau sur le sable.

– Je n'aime pas ça, commenta Chuck. Skipper sera obligé de se mêler aux autres chevaux. Il risque de s'affoler.

Craig haussa les sourcils :
– Alison a l'air confiante…
– Elle ne devrait pas l'être, soupira Chuck. J'ai déjà vu Skipper s'affoler et se transformer en une véritable brute.
Ils retournèrent au van en se frayant un passage parmi les montures et leurs cavaliers qui s'échauffaient.
Alison avait sellé Skipper. Elle était prête.
– Contente de vous voir, cria-t-elle. Comment se présente la carrière ?
– C'est un bon terrain. Le problème, c'est que tous les chevaux sont regroupés dans une allée avant le départ. J'espère que tu courras dans le premier groupe. Si Skipper attend trop longtemps avec les autres, il risque de paniquer.

Elle glissa son pied gauche dans l'étrier et se mit en selle.
– Je vais l'échauffer là-bas, il y a moins de monde. Dès que notre tour arrive, tu me fais signe, d'accord ?
– OK.

Il la regarda s'éloigner vers une bande de terre qui longeait la clôture du champ.

– J'ai l'impression que tu es amoureux d'elle ! s'exclama Craig.

– Pourtant, je ne comprends rien à cette fille. Et dès qu'elle m'a vu, elle m'a clairement signifié qu'elle ne me supportait pas…

– Elle est un peu jeune pour toi.

– Je sais. Elle joue les dures en apparence alors qu'elle est seule et fragile.

Craig sourit puis il ajouta d'un air sérieux :

– J'aime bien Alison. C'est la première fille à qui je peux vraiment parler. J'espère qu'elle acceptera de sortir avec moi une fois que sa passion pour ce cheval sera terminée.

– Sa passion pour ce cheval, comme tu dis, n'est pas près de se terminer, soupira Chuck en observant la silhouette mince d'Alison sur Skipper. Allons voir quand elle passe, suggéra-t-il.

Le médecin avait demandé à Kristy de le rejoindre dans son bureau.

– Ton père doit être opéré du cœur rapidement, lui annonça-t-il. Il faut que ta mère signe l'autorisation.

– Je ne peux pas la signer moi-même ? demanda-t-elle, la gorge serrée.

– Tu es trop jeune, Kristy, c'est à ta mère de s'en occuper.

Le visage de Kristy se contracta.

– Ne t'inquiète pas, ajouta-t-il avec gentillesse. Ton père est hors de danger dans l'immédiat et je suis sûr qu'on va réussir à joindre ta mère très vite.

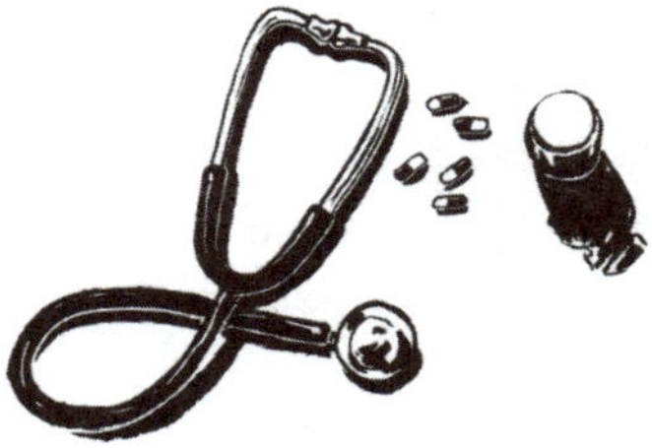

– Pas de chance, Alison. Skipper et toi passez les derniers, expliqua Chuck. Et les organisateurs veulent que tous les cavaliers se regroupent dans l'allée dès maintenant.

– Ça ira, dit-elle d'une voix glaciale. Ne sois pas si nerveux, tu effraies mon cheval.

– Très bien. Je m'en vais. Bonne chance.

Elle lui adressa un petit sourire.

– On se verra après la course.

Chuck faillit l'inciter à la prudence mais il se tut, craignant qu'Alison, agacée par ses conseils, ne se montre encore plus téméraire. Il la suivit des yeux tandis qu'elle se dirigeait vers la carrière, le dos droit et la tête haute.

Arrivée à l'entrée de la grange, Alison mit pied à terre. Skipper arrêta net en découvrant l'allée où se pressaient les autres chevaux.

– Tu peux le faire, lui souffla-t-elle à voix basse.

Quand elle le conduisit à côté d'un autre cheval et attacha sa longe à une traverse, il coucha ses oreilles en arrière. Elle s'appuya contre lui, en espérant qu'il n'allait pas ruer ou mordre.

Le bruit autour d'eux était terrible. Le haut-parleur annonçait les concurrents, les spectateurs applaudissaient, les cavaliers encourageaient leurs montures. À chaque seconde, la nervosité de Skipper augmentait. Il se mit à piaffer.

– Du calme, s'écria Alison. C'est à nous.

Les doigts tremblants, elle remplaça le licou par la bride. Lorsque son nom retentit dans le haut-parleur, elle sauta en selle d'un mouvement leste.

Quelques secondes plus tard, ils franchissaient le rayon lumineux, la barrière de la carrière se refermait et ils fonçaient vers le premier baril. Ils le contournèrent sans difficulté, effectuèrent un demi-tour sans faute autour du deuxième. Le troisième tournoya et se balança, mais ne tomba pas.

Ils filaient maintenant vers l'œil électronique et la sortie. Alison laissa Skipper libérer la tension qu'il avait accumulée. Elle s'aperçut trop tard que la barrière fermant l'allée avait été refermée. Skipper, aveuglé par la lumière qui entrait à flots de l'extérieur, ne pouvait pas la voir. Ils allaient la heurter.

– Oooh ! cria-t-elle en tirant sur la rêne.

Mais Skipper allait trop vite. Elle le sentit frapper l'obstacle et s'affaisser. Elle s'envola de la selle puis s'écrasa au sol. Elle crut que l'alezan allait s'abattre sur elle.

Elle entendit un bruit sourd, puis des cris, et une douleur atroce lui traversa les avant-bras.

Elle roula dans le sable.

Quand elle rouvrit les yeux quelques instants plus tard, elle distingua Skipper couché à côté d'elle et Chuck qui le recouvrait d'une couverture. Elle comprit alors que le cheval était gravement blessé.

– Tu as vu ? s'écria un spectateur. Il a empêché ce cheval de tomber sur sa cavalière !

Soudain tout se mit à tourner autour d'elle et devint noir.

À l'hôpital

Alison ouvrit les yeux. Elle était couchée dans une chambre blanche.

– Skipper est mort ? murmura-t-elle.

– Non, chuchota une voix à son oreille.

– Ouf, soupira-t-elle avant de se rendormir.

Quand elle se réveilla à nouveau, un plâtre emprisonnait ses bras.

La voix de sa mère lui parvint haute et claire :

– Tu es tombée pendant la course, ma chérie, et tu t'es fracturé les avant-bras. On t'a mis une minerve par mesure de précaution, ne bouge pas.

– Aïe. J'ai mal. Où est Chuck ?

Il avait joué un rôle important, mais elle ne se rappelait pas lequel. Parmi les souvenirs qui tourbillonnaient dans sa mémoire, un seul était net : Skipper avait foncé sur la barrière.

– Tu le verras plus tard, promit Marion.

Une vague de frayeur submergea Alison.

– Où suis-je ?

– À l'hôpital de Calgary. On t'a opérée du bras droit il y a une heure. Tu te trouves dans la salle de réveil.

Alison sombra une fois de plus dans le sommeil.

Quand elle revint à elle, elle était allongée sur un brancard et empruntait un couloir.

– Tout va bien, ma chérie, murmura sa mère. On t'accompagne dans ta chambre.

– Maman ! Comment je vais faire avec les deux bras cassés ?

– Ne t'inquiète pas. On s'arrangera.

Chuck qui l'attendait dans sa chambre proposa à l'infirmier de l'aider à la coucher dans son lit. Dès qu'Alison le vit, la mémoire lui revint. Son ami s'était jeté entre elle et Skipper en train de tomber.

– Chuck… Tu m'as sauvé la vie.

– Je me suis simplement trouvé au bon endroit au bon moment, expliqua-t-il en s'asseyant près d'elle. Ils ont refermé la barrière au début de la course. Tu ne l'as pas remarqué parce que tu étais concentrée sur Skipper. Quand j'ai compris qu'il ne pourrait pas s'arrêter, je me suis jeté contre lui pour le repousser.

Il écarta une mèche de cheveux du front d'Alison.

Elle aurait tant voulu se serrer contre lui.

– Tu étais là parce que tu t'inquiétais pour nous et tu m'as sauvé la vie ! Dis-moi comment va Skipper. Il a heurté la barrière de plein fouet.

Le visage de Chuck s'assombrit.

– On ignore encore la gravité de ses blessures. Le vétérinaire reviendra le voir demain.

– C'est mauvais signe, dit-elle en essayant de se redresser.

Une infirmière entra alors dans la chambre pour prendre sa tension, sa température, et lui administrer un antalgique.

– Il faut laisser la malade se reposer, dit-elle.

– Je reviendrai plus tard, chérie, murmura sa mère.

Chuck attrapa son stetson posé sur la table de nuit et lança avec un sourire chaleureux :

– Moi aussi.

L'infirmière les entraîna dehors.

Quand elle se retrouva seule, Alison ressentit un grand vide. Jamais elle ne s'était rendu compte que Chuck pouvait se montrer aussi doux et prévenant. Et ce sourire ! C'était ce sourire qui lui avait tant manqué.

– Je suis désolé d'avoir perturbé Alison, s'excusa Chuck auprès de Marion Chant tandis qu'ils regagnaient la sortie. Je ne voulais pas parler de Skipper, mais elle a demandé de ses...

– Maudit cheval ! l'interrompit cette dernière, les yeux étincelants de colère. Elle était si sûre de pouvoir le monter ! Et maintenant elle est couchée sur un lit d'hôpital. Quant aux vingt mille dollars...

Voyant l'expression choquée de Chuck, elle se reprit :

– Je sais que ce n'est pas le moment de parler d'argent, mais tout de même, quel gaspillage !

– Le... le cheval n'est pas mort, madame. Il va sûrement se rétablir.

– Je ne veux plus en entendre parler ! J'espère qu'Alison en a fini une fois pour toutes avec les courses de barils.

Elle ajouta d'un ton sec :

– Je vous suis très reconnaissante d'avoir sauvé ma fille. Seulement je préférerais qu'elle cesse de vous voir, vous, votre cousin et ce cheval !

– Mais... protesta Chuck.

La mère d'Alison ne le laissa pas achever sa phrase.

– Je dois partir en voyage d'affaires dans quelques jours...

Elle s'interrompit, puis précisa :

– Il est hors de question qu'elle s'attire d'autres ennuis d'ici là !

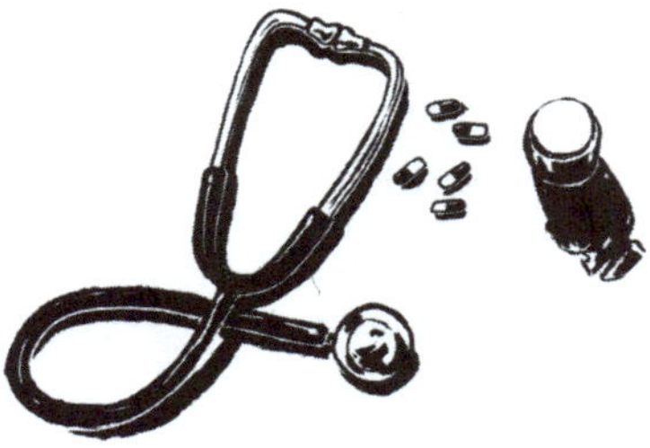

Chuck se glissa tant bien que mal dans la petite voiture de sport de son cousin qui l'attendait devant l'hôpital.

– Comment va-t-elle ? s'inquiéta Craig.

– L'opération s'est bien passée, mais elle doit garder un plâtre au bras gauche pendant quinze jours et au bras droit pendant au moins six semaines.

Craig démarra.

– Dommage que je n'aie pas pu t'accompagner. Je lui aurais remonté le moral.

– Désolé, Alison n'a droit qu'à deux visiteurs à la fois.

Sa voix s'étrangla.

– C'est dur de la voir allongée, immobile.

– Oui, je comprends. Et comment se sent notre héros après son audacieux sauvetage ?

– Raide et courbatu, répondit Chuck en grimaçant.

– Alison te considérera toujours comme son sauveur. Comment rivaliser avec toi ?

– Tu penses à rivaliser avec moi alors qu'elle est blessée ? s'étonna Chuck. De toute façon, ni toi ni moi n'avons la moindre chance avec Alison. Sa mère est convaincue que les affreux McClintock lui ont fait perdre la tête et elle ne veut plus que nous la voyions.

Apparition surprise

Le lendemain matin, une jeune femme menue aux cheveux noirs et lisses se rendit au chevet d'Alison pour l'examiner.

– Bonjour Alison, je suis le docteur Liu. C'est moi qui ai opéré votre bras droit afin de réduire les fractures du radius et du cubitus.

La jeune femme s'assit près d'elle et consulta un dossier.

– Les os se ressouderont rapidement. Mais nous ne pouvons pas être certains que les nerfs lésés se régénéreront.

Alison fit un effort pour se redresser.

– Quoi ?

– Nous ne savons pas encore si vous retrouverez l'usage complet de votre bras droit. Seul le temps nous l'apprendra.

– Je suis droitière ! s'étrangla Alison.

– Tout dépendra de votre détermination. Vous devez vous préparer à une longue rééducation.

– C'est-à-dire ?

Le docteur Liu haussa ses épaules minces.

– Plusieurs semaines, ou plusieurs mois.

Alison eut envie de hurler, mais elle ravala sa colère. Il était impensable qu'elle ne puisse plus monter à cheval ou utiliser sa main.

– Éprouvez-vous des sensations dans votre main droite ?

– Oui ! J'ai mal.

À sa grande surprise, le docteur sourit.

– C'est très bon signe. Le contraire m'aurait inquiétée.

– On va me retirer ces plâtres quand ?

– Le gauche dans quelques jours. Vous garderez le droit plus longtemps. Et la minerve, jusqu'à demain ou après-demain. Patience… Êtes-vous une jeune fille patiente, Alison ?

– Non, pas vraiment, répondit-elle en se laissant retomber sur l'oreiller.

– Cette expérience vous apprendra peut-être à le devenir.

Le docteur Liu consulta son dossier une nouvelle fois.

– Vous êtes-vous levée depuis l'opération ?

– Pas encore. Je ne peux pas mettre ma robe de chambre avec ça… répondit Alison en désignant les plâtres qui emprisonnaient ses bras.

– Nous vous ferons passer des radios complémentaires aujourd'hui et vous rentrerez chez vous très vite si tout est en ordre. En attendant, je vais demander à une infirmière de vous aider à enfiler une robe de chambre.

Elle observa le visage inquiet d'Alison.

– Je sais à quel point il est frustrant de se sentir diminuée. Mais faites confiance à votre corps, il est sain et fort.

Elle lui adressa un dernier sourire avant de sortir de la chambre.

Allongée sur le dos en attendant l'infirmière, Alison se remémorait les paroles du docteur Liu. Nerfs endommagés. Perte de l'usage du bras. Des larmes perlèrent au bord de ses yeux et roulèrent sur ses joues sans qu'elle puisse les essuyer.

Elle se sentit abandonnée. Sa mère, absorbée par son travail, n'était pas revenue et Chuck n'avait pas réapparu depuis la veille. Il passerait sans doute plus tard, avec Craig peut-être.

Alison se demanda comment elle réagirait. Ses sentiments pour Craig seraient-ils toujours aussi forts lorsqu'elle le reverrait ? Pour l'instant, celui qu'elle avait le plus envie de retrouver était le roux et souriant Charles Rodney Maxwell McClintock.

À quatre heures de l'après-midi, Chuck n'était toujours pas revenu.

Alison n'avait pas pu se coiffer, la robe de chambre était trop grande pour elle et les antalgiques lui brouillaient encore un peu les idées, mais, obéissant aux ordres du docteur Liu, elle se leva et partit se promener dans les couloirs de l'hôpital.

Elle longeait un corridor tranquille au quatrième étage lorsqu'elle faillit heurter une jeune fille qui jaillissait d'une chambre, un verre à la main.

– Kristy ! Qu'est-ce que tu fais là ?

Celle-ci se figea brusquement et faillit lâcher le verre.

– Mon père a été opéré du cœur ce matin. Je m'occupe de lui.

– Oh… je suis désolée, bafouilla Alison.

À cet instant, elle aurait souhaité se trouver n'importe où sauf devant Kristy qui la foudroyait du regard.

– À quoi bon ? Tu as failli tuer Skipper. Tu l'as fait courir alors que tu ne sais pas le monter. Il ne redeviendra jamais comme avant !

– Je ne voulais pas…

– Tais-toi ! cria Kristy, tremblante de rage. Tu n'es qu'une égoïste, Chuck l'a dit. Tu obtiens tout ce que tu veux parce que tu es riche. Et si tu l'abîmes, tu t'en fiches.

– Chuck a dit ça ?

– Demande-le-lui si tu ne me crois pas. Tiens, le voilà justement.

Alison se retourna, sidérée.

– Qu'y a-t-il ? demanda ce dernier en les regardant tour à tour. Alison, ça va ? Qu'est-ce que tu fais à cet étage ?

– Le médecin m'a recommandé de marcher, murmura-t-elle la gorge serrée, mourant d'envie de s'appuyer contre lui. Pourquoi es-tu ici ?

– J'ai accompagné Kristy à l'hôpital pour qu'elle soit près de son père, dit-il en entourant d'un bras les épaules d'Alison.

– Pourquoi tu n'es pas venu me rendre visite ?

– Parce que ta mère…

– Ne mens pas, le coupa-t-elle en reculant. Kristy m'a raconté ce que tu dis de moi.

Sur ce, elle fit demi-tour et s'éloigna, consciente de sa démarche mal assurée et de son allure ridicule.

Elle s'en moquait. Tout ce qu'elle voulait, c'était se retrouver le plus loin possible de Chuck McClintock !

Sa mère l'accueillit dans sa chambre avec un sourire contraint.

– Alison chérie, tu as une visite.

Une femme se tenait face à la fenêtre. Elle se retourna quand Alison entra. Non ! Pas elle !

– Je ne pouvais pas faire autrement que de venir, mon ange ! s'exclama la femme.

– Grand-mère Chant.

C'était la dernière personne qu'elle avait envie de voir en cet instant.

– Dès qu'on m'a appris ton accident, j'ai sauté dans le premier avion, expliqua la vieille dame en sautillant sur ses hauts talons. J'avais prévenu ta mère que l'équitation western ne te convenait pas du tout.

Elle eut une moue de mépris et ajouta :

– Elle n'a pas su prendre soin de toi.

La grand-mère d'Alison était une petite femme au cou flétri, mais au visage étrangement lisse – résultat d'une succession de liftings. À son habitude, elle traitait Alison comme si cette dernière lui appartenait.

– Asseyez-vous, madame Chant, murmura Marion. Vous devez être fatiguée.

– Je ne suis pas fatiguée et je n'ai aucune envie de m'asseoir. Alison doit rentrer à New York et consulter des médecins réputés. Elle a une mine épouvantable.

– Les docteurs sont excellents ici aussi, soupira Marion. En outre, elle n'est pas en état de voyager.

– Dans ce cas, je ferai venir un spécialiste à mes frais. Je veux qu'elle bénéficie des meilleurs soins que l'argent peut procurer.

Alison repensa aux paroles de Kristy : « Tu obtiens tout ce que tu veux parce que tu es riche. » Sa tête se mit à tourner et elle s'assit sur son lit.

– J'aime bien le docteur Liu, souffla-t-elle.

Sa grand-mère ignora sa remarque.

– Ta mère est incapable de s'occuper de toi et elle m'annonce qu'elle partait en voyage d'affaires au Japon pendant trois semaines. J'ai suffisamment de vêtements dans mes valises pour passer tout l'automne ici. S'il le faut, je resterai jusqu'à ce que tu sois complètement rétablie.

– Maman, supplia Alison, il faut vraiment que grand-mère reste ?

La vieille dame la dévisagea d'un air outré.

Marion répondit d'une voix presque inaudible :

– Tu as besoin de quelqu'un pour t'aider et je suis obligée de partir, ma chérie.

Prise de nausées, Alison s'affaissa sur son lit.

– Infirmière ! hurla sa grand-mère. Ma petite-fille a un malaise !

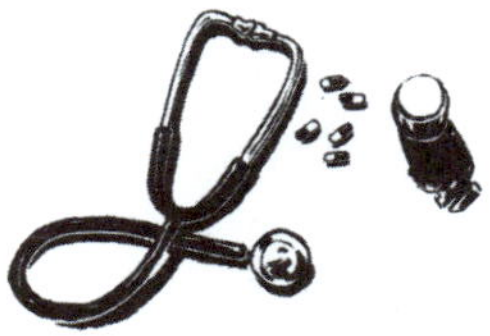

Après le départ de sa mère et de sa grand-mère, les yeux fixés sur le plafond blanc de sa chambre, Alison songea à Chuck.

« Il m'avait prévenue de ne pas engager Skipper dans cette course. Et il avait raison ! Je suis une fille égoïste. J'aurais pu tuer Skipper. Mais je guérirai, se jura-t-elle. Et je recommencerai les courses de barils sur Skipper s'il se rétablit. »

Une boule se forma dans sa gorge. Skipper devait absolument guérir sinon elle ne supporterait plus de se regarder en face.

Prisonnière

Alison ne revit ni Chuck ni Kristy pendant son séjour à l'hôpital. Quand elle se promenait dans les couloirs, elle évitait le quatrième étage. Malgré son impatience d'avoir des nouvelles de Skipper, elle redoutait d'affronter à nouveau le mépris de Chuck ou la colère de Kristy. Elle savait seulement, grâce à sa rencontre fortuite avec cette dernière, que Skipper avait survécu à sa chute.

Sa grand-mère venait la voir chaque jour et évoquait longuement tout ce qu'elle n'aimait pas dans l'Ouest, particulièrement à Horner Creek.

– Je me demande comment vous pouvez vivre dans une maison aussi exiguë. Dire qu'elle ne possède pas une penderie digne de ce nom.

Lorsque Alison rentra enfin chez elle, elle constata que les bagages de Mme Chant – sept énormes valises – envahissaient le salon. La vieille dame s'était attribué la grande chambre et avait relégué la mère d'Alison dans le minuscule bureau du rez-de-chaussée où elle jouissait au moins d'une certaine intimité. Ce qui n'était pas le cas d'Alison dont chaque mouvement était épié et qui avait l'impression d'étouffer.

La jeune fille se rendait fréquemment à l'hôpital pour effectuer des séances de kinésithérapie. Elle ne portait plus de minerve et le chirurgien prévoyait de lui enlever le plâtre gauche la semaine suivante.

Une fois sa mère au Japon, sa grand-mère prit le relais pour la conduire à l'hôpital.

– Alison, tu es prête ? Tu as une séance à treize heures aujourd'hui !

– Presque. Tu peux m'aider à enfiler mon jean, grand-mère ?

– Je déteste le trajet qui mène à l'hôpital, déclara Mme Chant en entrant dans sa chambre. Je m'y perds.

À New York, elle ne conduisait pas.

– Et si on allait se balader vers Banff après ma séance de kiné ? suggéra Alison. La montagne est très belle en ce moment. Tu vas adorer.

– Ça m'étonnerait. Je connais bien Banff. J'y ai passé des vacances, un été, quand j'étais jeune.

Elle jeta un regard sévère à Alison et ajouta :

– Mais si ça peut te faire plaisir…

– Papa, c'est Chuck ! s'écria Kristy en désignant le pick-up bleu foncé qui remontait l'allée.

– Va vite l'accueillir, dit-il, heureux de voir le visage de sa fille s'animer enfin.

Elle avait l'air si triste depuis deux semaines. Sa femme, Marta, était venue signer l'autorisation d'opérer et s'occuper de ses filles pendant son hospitalisation puis elle était repartie avec Skye, et Kristy était restée seule au ranch avec lui.

La jeune fille dévala les marches de la véranda à la rencontre de Chuck.

– Bonjour ! cria ce dernier. Je t'ai amené un ami.

Kristy retint son souffle. Elle entendait un cheval piaffer et s'ébrouer à l'intérieur du van.

– C'est Skipper ? Ouvre vite, Chuck.

Radieuse, Kristy monta dans la remorque.

– Je suis si heureuse de le revoir !

Puis son visage s'assombrit.

– Pourquoi tu l'amènes ici ? Le vétérinaire pense que son état est désespéré ?

Chuck lui ébouriffa les cheveux.

– Pas du tout, rassure-toi. Mais il refuse de manger. On ne peut pas le mettre avec Lucky et il s'ennuie. Il lui faut de l'affection pour guérir. Tu crois que tu aurais le temps de t'en occuper avec ton père ?

– Bien sûr ! répondit-elle.

Ses yeux étincelaient de joie. Elle jeta ses bras autour de l'encolure de l'alezan qui appuya sa tête contre la cavalière qu'il aimait et qui avait sa confiance.

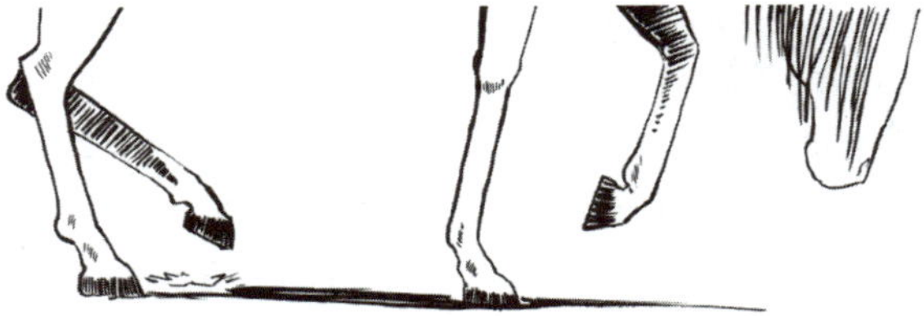

Tout en aidant le cheval à descendre de la remorque avec précaution, Chuck poursuivit :

– Le vétérinaire a dit qu'il fallait lui masser les jambes deux fois par jour et le faire marcher.

– Je te promets de faire très attention à lui.

Elle fit entrer le grand alezan dans son ancien box et lui ôta son licou.

– Skipper, te voilà de retour à la maison.

Il enfonça aussitôt la tête dans le filet à foin.

– Je vois que tu lui avais gardé de quoi manger, dit Chuck. Et une litière fraîche.

– Oui. Je crois que j'ai toujours espéré qu'il reviendrait. Skipper va rester longtemps ? demanda-t-elle d'une voix pleine d'espoir.

– Jusqu'à ce qu'il soit guéri, je pense, ou jusqu'à ce qu'Alison vienne le rechercher.

Alison aurait aimé que la voiture, comme par magie, la transporte jusqu'au Bar Q ranch. Mais avec sa grand-mère au volant, elle n'avait aucune chance. Celle-ci roula d'une traite jusqu'à Banff, une station chic des Rocheuses, sans cesser de parler.

– Il m'est arrivé une malheureuse histoire au Banff Springs Hotel quand j'avais dix-huit ans. C'est cela qui m'a dégoûtée des Montagnes Rocheuses, bien que j'adore Jackson Hole, dans le Wyoming. Le spa y est merveilleux.

Alison n'écoutait plus. Elle songeait à Ombre, la jument mustang qu'elle avait adoptée là-bas et qu'elle avait donnée à Becky.

– Je pourrais téléphoner à Becky, grand-mère ? Je ne lui ai pas parlé depuis des semaines.

– Elle sait que tu as eu un accident. Ta mère m'a dit qu'elle avait appelé sa sœur pour la mettre au courant. Il paraît que c'est effroyablement difficile d'entrer en communication avec eux. Quel dommage que ta tante ait épousé cet affreux cow-boy et qu'ils se soient installés dans ce coin sauvage !

– La montagne des Mustangs est un endroit magnifique, protesta Alison. Et oncle Dan n'est pas affreux. Pourquoi tu hais les cow-boys à ce point, grand-mère ?

La vieille dame se raidit.

– Ma malheureuse histoire au Banff Springs impliquait un cow-boy, murmura-t-elle. Je n'y avais pas pensé depuis des années. Le fait de venir ici a ravivé mes souvenirs.

Alison fixa sa grand-mère avec étonnement.

– Tu es tombée amoureuse d'un cow-boy ?

– C'est lui qui est tombé amoureux de moi, il voulait m'épouser ! Quelle inconvenance, un homme si grossier. Il était... j'étais... oh, mon Dieu, je préfère ne pas en dire plus.

Elle gara la voiture sur le bas-côté de la route et déclara :

– Il est temps de rentrer.

Crispées sur le volant, les mains de Mme Chant tremblaient. Alison n'avait jamais vu sa grand-mère aussi troublée. Elle jeta un regard de regret par-dessus son épaule quand elles firent demi-tour. L'embranchement de la route menant au Bar Q ranch était tout proche.

« Au moins, se dit-elle, j'ai appris pourquoi grand-mère déteste l'Ouest. Je croyais que c'était par snobisme, mais pas seulement. Je parie que ce cow-boy l'a blessée. Comme Chuck m'a blessée ! Non, je me moque pas mal de lui. »

Elle essaya de se représenter le visage de Craig, ses yeux souriants, ses cheveux bouclés. Il était toujours amoureux d'elle, elle en était sûre. Pourtant, penser à lui ne la faisait plus frissonner du tout.

Ce soir-là, après de multiples tentatives, Alison parvint à obtenir au téléphone le ranch des Mustangs.

– Becky ! C'est Alison !

– Alison ? Incroyable ! Je viens juste de parler à Chuck.

La gorge serrée, elle demanda :

– Qu'est-ce qu'il a dit ? Est-ce qu'il…

– Laisse-moi continuer, Alison. Il y a de l'orage et la liaison est mauvaise…

Des grésillements l'interrompirent, puis elle reprit :

– Tu savais que ta mère... à Chuck... qu'elle ne... pas que tu le revoies... ni Craig... Skipper?

– Quoi! gémit Alison, agrippée au téléphone. C'est pour ça que je n'ai aucune nouvelle de Chuck, ni de Craig. Il t'a parlé de Skipper?

– ... contusions... élongation des tendons.

La voix de Becky redevint audible :

– Et comment ça se passe avec ta grand-mère?

– Je suis prisonnière! hurla Alison. Mais mes bras vont de mieux en mieux.

Becky laissa échapper un rire de soulagement avant d'ajouter :

– Ombre est en forme... Tu nous manques!

La ligne grésilla puis la communication fut coupée.

– Vous aussi, vous me manquez, murmura Alison en raccrochant.

Elle se remémora la dernière fois où elle avait vu Chuck à l'hôpital. Il avait tenté de lui expliquer quelque chose à propos de sa mère et elle avait refusé de l'écouter. Ce n'était peut-être qu'un simple malentendu, après tout. Il fallait qu'elle lui parle pour en avoir le cœur net.

– Tu as réussi à obtenir la communication? cria sa grand-mère du rez-de-chaussée.

– Quelques minutes seulement, répondit-elle en descendant.

Assise devant la télévision, des lunettes au bout de son nez, sa grand-mère faisait des mots croisés. Elle repoussa le tabouret où elle avait allongé ses jambes, redressa le dos, ôta ses lunettes et fixa sa petite-fille d'un air interrogateur.

– Tu as faim Alison, tu veux dîner ?

Elle haussa les épaules.

– Non, je voulais juste te tenir compagnie. Qu'est-ce qu'il y a au programme ?

Si elle voulait revoir Chuck et Skipper avant le retour de sa mère, elle aurait besoin de l'aide de sa grand-mère.

« Je pourrais commencer par lui demander de me conduire chez Craig, se dit-elle. Il habite à côté de l'hôpital. »

Une visite inattendue

Le week-end suivant, après sa séance de rééducation, Alison demanda à sa grand-mère de la déposer chez Craig. Elle sonna à la porte, pleine d'espoir. Pourvu qu'il soit chez lui et qu'il ait des nouvelles de Skipper !

– Alison ! Ça alors ! Je suis super content de te voir. Entre.

Elle passa devant lui en le frôlant et s'étonna de ne rien ressentir.

– Comment vas-tu ?

– Mieux, dit-elle. Et toi, quoi de neuf ?

– J'ai une grande nouvelle à t'annoncer. Je passe bientôt une audition pour entrer dans un lycée de Vancouver qui a une option théâtre. Je serais bien venu chez toi pour t'en parler, ajouta-t-il d'un air embarrassé, mais ta mère…

– Ne t'inquiète pas, Craig, le coupa Alison, je sais ce que ma mère a exigé. Mais elle est partie au Japon et ce n'est pas à elle de décider qui je peux voir ou pas.

Craig se détendit.

– Décidément, tu n'as pas changé !

– Qu'est-ce que tu veux dire ?

Il parut gêné.

– Tu sais bien… Tu es habituée à faire ce qui te plaît.

– C'est ce que pense Chuck ? demanda-t-elle en relevant la tête. Que je suis une enfant gâtée qui obtient toujours ce qu'elle veut ?

– Chuck est dur avec toi. Écoute, on est obligés de parler de mon cousin ?

– Non. En fait, je suis venue te demander si tu pourrais me conduire au Bar Q ranch. Je voudrais voir Skipper et je n'ai pas envie de le demander à Chuck.

– Je suis désolé, Alison. Ma mère ne m'autorise plus à prendre sa voiture. J'ai eu… une ou deux amendes pour excès de vitesse.

– Tant pis, soupira-t-elle. Je trouverai un autre moyen.

Elle lui lança un regard interrogateur.

– Et que pense ton grand-père de ta décision de devenir acteur ?

– Il m'a dit qu'il m'avait toujours trouvé bizarre ! s'esclaffa Craig. Je crois qu'il est secrètement satisfait que j'aie le cran de faire ce qui me plaît. J'espère que je réussirai.

– Oh, sûrement, le rassura-t-elle.

Au moment de partir, il la prit dans ses bras et l'embrassa doucement sur les lèvres.

– Ne tombe plus de cheval, Alison. Je tiens à te retrouver entière quand je reviendrai.

– Promis, murmura-t-elle.

Deux semaines plus tôt, ce baiser lui aurait fait battre le cœur. Aujourd'hui, elle trouvait juste que c'était une agréable façon de se dire au revoir.

– J'étouffe ici, grand-mère, gémit Alison quelques jours après sa visite à Craig. Si on retournait se balader ?

– Tu sais bien que je déteste conduire, rétorqua Mme Chant en chargeant le lave-vaisselle.

– Laisse, je m'en occupe. Je peux le faire de la main gauche.

– D'accord, mais ne mouille pas ton plâtre.

Alison imaginait à quel point les tâches ménagères devaient être pénibles pour sa grand-mère qui était entourée chez elle d'une armée de domestiques. Elle admirait sa détermination. Quel dommage qu'elle ait été aussi tyrannique et revêche.

Elle fit une nouvelle tentative.

– Regarde, il fait un temps splendide ! En montagne, les peupliers doivent être tout dorés. On pourrait s'arrêter dans une petite ville, prendre le thé...

Elle connaissait le faible de sa grand-mère pour les salons de thé.

– Eh bien...

Mme Chant esquissa un sourire.

– Ce serait en effet agréable de voir autre chose que ces quatre murs. Voilà une éternité que je n'ai pas mis les pieds dans un salon de thé. Accorde-moi le temps d'enfiler une robe...

– Mais tu es très bien comme ça ! s'écria Alison.

Elle serait ridicule si elle se mettait sur son trente et un pour boire une tasse de thé dans un salon modeste.

– Il est important de toujours paraître sous son meilleur jour quelles que soient les circonstances, rétorqua Mme Chant en jetant un regard désapprobateur au jean et au tee-shirt d'Alison. Tu pourrais te changer, chérie.

Alison allait protester, elle se retint.

– D'accord. Je vais mettre une chemise propre.

Sa grand-mère accepterait peut-être de faire un détour par le Bar Q ranch après le thé, si elle estimait qu'elles étaient toutes deux assez élégantes pour pénétrer dans la propriété d'un milliardaire.

Pendant ce temps, au Double J ranch, Kristy expédiait en vitesse la vaisselle du déjeuner. Elle essuya ses mains et lança à son père :

– Je file m'occuper de Skipper.

– Tu passes trop de temps avec ce cheval, déclara sévèrement Mike Jones.

– Désolée, papa, mais je lui manque. Tu l'entends ?

L'alezan arpentait l'enclos en hennissant.

– Skipper n'est plus à toi, chérie. Tu l'as vendu pour une grosse somme d'argent, et c'est une chance sinon nous ne serions plus ici. J'aurais vendu le ranch.

– Alison ne peut pas s'occuper de lui, papa, elle est blessée. Je le lui rendrai quand il sera guéri.

– Tu te rends compte à quel point ce sera difficile de te séparer à nouveau de Skipper ?

– Je le sais, seulement qu'est-ce que je peux faire d'autre ?

– Tu devrais appeler Chuck McClintock et lui dire de ramener ce cheval au Bar Q ranch.

Kristy baissa la tête et se dirigea vers le téléphone.

– Ce salon n'était pas très raffiné, mais le thé était acceptable, déclara Mme Chant en s'éloignant de la petite ville de Milton.

Dix minutes plus tard, elles atteignirent l'embranchement menant au Bar Q ranch.

– Tourne ici, s'il te plaît, recommanda Alison. Le paysage est magnifique de ce côté-là.

Plus elle se rapprochait du ranch, plus elle était déterminée à voir Skipper.

Elles longèrent bientôt le ranch des Jones.

– Quelle maison sordide, déclara sa grand-mère en désignant les bâtiments en piteux état. Comment des gens peuvent-ils laisser leur propriété se dégrader ainsi ?

– Parfois ils ne peuvent pas faire autrement, répondit Alison en pensant à la maladie de Mike Jones.

Elle jeta un coup d'œil vers l'enclos du Double J ranch et s'écria :

– Arrête !

Mme Chant écrasa la pédale de frein ; la voiture fit une embardée sur les graviers.

– Mais que se passe-t-il, Alison ? Tu veux nous envoyer dans le fossé ?

– Prends ce chemin, à gauche. S'il te plaît, grand-mère, c'est important.

Elle venait d'apercevoir la silhouette d'un grand cheval alezan dans l'enclos et un pick-up bleu garé non loin.

– Très bien ! J'espère que tu sais ce que tu fais.

La voiture avança en cahotant.

Alison en était sûre. C'était Skipper, son cheval, dans l'enclos des Jones. Chuck se trouvait là, lui aussi, avec Kristy.

Elle suffoquait de colère et de jalousie.

Des retrouvailles

– Qu'est-ce que tu fais ici ?

Accrochée au cou de Skipper, Kristy regardait Alison avancer à grandes enjambées.

« Ce serait plutôt à moi de lui demander ce que mon cheval fait ici », pensa Alison. Mais elle avait la réponse sous les yeux. La jeune fille jouissait de l'entière confiance de l'alezan.

Elle sentit aussitôt une boule d'angoisse lui obstruer la gorge. Elle rêvait de cet amour entre un cheval et sa cavalière, toutefois elle ne pouvait pas l'acheter.

Sa grand-mère, qui l'avait suivie, commençait à s'impatienter.

– C'est ce cheval que tu es venue voir ?

– Oui. C'est mon cheval. Skipper Bug. Et voici Kristy Jones, qui l'a dressé.

Elle s'appuya à la barrière et demanda :
– Comment va-t-il ?
– B... bien, bégaya Kristy. Je le fais marcher tous les jours.
Mme Chant frissonna.
– Tu veux dire que c'est le cheval qui a foncé sur la barrière et qui a failli te tuer ? Je ne comprends pas que tu aies voulu le revoir.
– Ce n'était pas sa faute, rétorqua Alison. Et je suis contente que Kristy ait réussi à le guérir.

La jeune fille s'avança vers elle.
– Papa veut que Skipper retourne au Bar Q ranch. Mais Chuck m'a dit qu'il s'ennuyait là-bas, qu'il ne mangeait pas. Il est plus heureux ici, avec moi...
– On verra, marmonna Alison.
Elle venait de repérer Chuck qui se dirigeait dans leur direction, un licou et une longe sur l'épaule. Son cœur fit un bond. Comment avait-elle pu le trouver laid ?

Face à elle, Chuck s'arrêta net et rougit.

– Tu as l'air d'aller mieux.

Et il ajouta, en désignant le cheval :

– Tu es venue le voir ?

Alison, blessée qu'il n'ait pas un mot de bienvenue à son intention, lança sèchement :

– Skipper restera au Double J ranch pendant ma convalescence. Il a besoin de quelqu'un pour faire de l'exercice.

– Mike veut que je le ramène au Bar Q ranch, riposta Chuck.

Alison le fusilla du regard avant de se tourner vers Kristy.

– Qu'est-ce que tu en penses ?

– Moi, je veux le garder, dit celle-ci en caressant l'encolure de l'alezan.

– Eh bien, va annoncer à ton père que je suis d'accord pour qu'il reste ici. Je paierai sa pension et les soins que tu lui donneras.

– C'est vrai ?

Folle de joie, la jeune fille partit en courant vers la maison.

– Tu crois toujours pouvoir tout arranger avec ton argent ? gronda Chuck. Tu n'as pas changé, hein ?

– J'essaie seulement de rendre service, dit Alison en rougissant.

Sa grand-mère toussota dans son dos.

– Eh bien Alison, tu ne me présentes pas ton ami ?

– Oh, pardon grand-mère. Voici Chuck McClintock, le héros qui s'est jeté sur Skipper quand on a heurté la barrière.

– Chuck McClintock ? Je suis ravie de vous connaître.

– Moi aussi, madame, dit-il en lui tendant la main.

Il échangea un regard avec Alison et ajouta :

– J'espère que Mike Jones sera d'accord pour garder Skipper. En ce moment, Kristy a autant besoin de lui qu'il a besoin d'elle. Sa mère est retournée à Edmonton avec sa petite sœur.

– Skye est partie ?

– Oui, Kristy se retrouve toute seule au ranch avec son père.

À cet instant, celle-ci revint en courant, le visage inondé de larmes.

– Papa ne veut pas qu'on garde Skipper !

Se glissant entre les barreaux de la clôture, elle se suspendit au cou de l'alezan.

– Mais pourquoi ? s'étonna Alison.

Chuck glissa le licou sur la tête du cheval et accrocha la longe.

– Il pense que ce sera plus difficile pour Kristy de perdre Skipper une deuxième fois. Il ne veut surtout pas la voir souffrir.

Il se tourna vers la jeune fille.

– Tu peux le tenir pendant que j'ouvre la porte du van ?

– Quelle situation regrettable ! s'exclama Mme Chant. Où emmènent-ils ce cheval ?

– Chez le grand-père de Chuck, lui expliqua Alison. Son ranch se trouve juste au bout de la route.

Elle aurait voulu dire à Kristy qu'elle était désolée, toutefois elle se tut quand elle vit que la jeune fille se retenait pour ne pas éclater en sanglots.

– Son grand-père est-il un McClintock ? demanda subitement Mme Chant en étreignant l'épaule de sa petite-fille.

– Oui.

– Veux-tu que je t'accompagne au ranch ?

– J'aimerais bien passer un peu de temps avec Skipper pour évaluer son état, mais je ne pense pas que Chuck le souhaite.

– Balivernes ! C'est ton cheval. Allons-y, décréta sa grand-mère en remontant en voiture.

Alors qu'elles suivaient le chemin cahoteux menant à la route, Mme Chant questionna sa petite-fille.

– Alison, ce jeune homme, que représente-t-il pour toi ?

– Rien. Je croyais que nous étions amis, en fait il me déteste. Il me considère comme une enfant gâtée. Il n'a peut-être pas tort, seulement je n'aime pas sa manière de me le jeter sans cesse à la figure.

– Tu es trop jeune pour lui, en tout cas.

– J'ai presque seize ans, grand-mère. Il n'en a que dix-huit. De toute façon, cela n'a aucune importance puisque nous ne sommes plus amis.

Lorsqu'elles s'engagèrent dans la longue allée qui conduisait à la superbe maison du Bar Q ranch, Alison vit sa grand-mère se redresser.

– Heureusement que je me suis habillée, dit-elle. On ne sait jamais qui on peut rencontrer.

Alison sourit intérieurement. Toujours aussi snob. Mais lorsque le grand-père de Chuck apparut sur les marches de la véranda, la réaction de sa grand-mère la prit au dépourvu.

– Walter ! murmura-t-elle. Walter McClintock…

Elle ouvrit sa portière d'une main tremblante et descendit de voiture.

Le grand-père de Chuck se précipita vers elle.

– Elizabeth ? Lizzie, c'est vous ?

De vieux amis

Walter McClintock pressait la main de la grand-mère d'Alison ; tous deux se regardaient dans les yeux sans prononcer un mot.

Alison rejoignit Chuck qui descendait du pick-up.

– Tu savais que nos grands-parents se connaissaient ?

– Bien sûr que non. En tout cas, ils ont l'air de s'entendre et je n'ai jamais vu mon grand-père se tenir aussi droit.

– Ma grand-mère est métamorphosée.

– Si on leur proposait d'entrer ? suggéra Chuck. Ils sont capables de rester comme ça jusqu'à la première chute de neige.

– Ne te moque pas d'eux…

– Mon vieux bougon de grand-père et ton dragon de grand-mère, un couple plutôt bizarre, non ? fit Chuck en secouant la tête.

– Pas tant que ça. Dès que ma grand-mère a entendu ton nom, elle a absolument voulu venir au ranch. Cet après-midi, elle m'a raconté qu'autrefois elle avait rencontré à Banff un cow-boy qui voulait l'épouser. Je suis sûre que ce cow-boy et ton grand-père ne font qu'un.

Plus tard, dans le spacieux salon du Bar Q ranch, ils en apprirent davantage.

– Les cheveux de Walter étaient aussi roux que ceux de Chuck quand je l'ai connu, commença la grand-mère d'Alison en contemplant les rares cheveux gris de son ancien soupirant. Quand j'ai appris le nom de famille de Chuck et vu ses cheveux, j'ai eu un choc terrible !

Elle prit dans la sienne la main de Walter McClintock, assis à côté d'elle sur un canapé.

– J'étais alors un cow-boy payé par le Banff Springs Hotel pour emmener les touristes de la côte Est se balader à cheval, expliqua-t-il avec un sourire. Et cette petite dame en faisait partie. Si mes cheveux sont devenus gris et mon visage plus ridé qu'une vieille pomme, Lizzie a toujours l'air aussi jeune !

Alison ne s'habituait pas à entendre appeler sa grand-mère Lizzie, pas plus qu'au sourire qui éclairait son visage d'habitude si sévère.

– C'était la plus jolie fille que j'avais jamais vue, poursuivit Walter tandis qu'elle le fixait avec admiration.

– Mais à l'époque vous étiez si négligé…

Il ajouta en riant :

– Et si pauvre ! Je ne possédais rien, juste un rêve, celui de construire le plus gros ranch à l'est des Rocheuses.

– Et vous l'avez réalisé. Quelle belle maison… Vous me la faites visiter ?

– Avec plaisir.

Walter se leva, offrit son bras à la grand-mère d'Alison, et ils sortirent ensemble par les portes-fenêtres ouvrant sur la terrasse.

– Je crois qu'ils sont amoureux, dit Alison. Tu imagines, à leur âge ! Ma grand-mère a soixante-cinq ans.

– Et grand-pa presque soixante-dix.

– Quand ils se sont rencontrés, elle en avait dix-huit et lui…

– Vingt-deux ou vingt-trois, acheva Chuck.

– Je comprends maintenant pourquoi ma grand-mère a toujours été aussi désagréable, murmura Alison songeuse. Elle a laissé échapper l'amour de sa vie.

– Et ton grand-père ?

– C'était un riche agent de change. Comme mon père. Il est mort assez jeune. Ma grand-mère vit seule depuis des années dans l'immense demeure qu'il a fait construire pour elle.

Elle frissonna.

– Une maison horrible, sombre et glacée. Je crois qu'elle n'a jamais été heureuse.

– Mon grand-père non plus. Son mariage a été un échec. Il vit seul depuis des années.

Alison baissa les yeux et prit une profonde inspiration.

– Chuck, si ça ne t'ennuie pas, j'aimerais parler de Skipper. À ton avis, il vaut combien ?

Chuck écarquilla les yeux.

– Ne me dis pas que tu veux le céder…

– Possible. Combien ?

– Quatre ou cinq cents dollars s'il guérit. Écoute, Alison, tu ne peux pas le vendre quand même !

– Tu ne comprends pas…

– Au contraire, je comprends très bien ! Tu as abîmé ce cheval et perdu une grosse somme d'argent que tu cherches à récupérer. Tu es bien la fille de ta mère !

– Et toi, tu es impossible ! cria-t-elle.

Rouge de fureur, elle se précipita dehors, décidée à attendre sa grand-mère dans la voiture.

Si seulement Chuck avait voulu l'écouter, il aurait compris qu'elle cherchait une solution pour rendre Skipper à Kristy.

Une semaine plus tard, le docteur Liu ôta à Alison son deuxième plâtre.

– Ça ne s'arrange pas aussi vite que je l'aurais voulu, déclara-t-elle en examinant sa main. Il va falloir stimuler les nerfs. Si vous remontiez à cheval ?

– Je ne sais pas si je pourrai, répondit Alison.

– Bien sûr que si. L'équitation est utilisée pour soigner les personnes dont le corps est plus faible d'un côté, car elle fait appel à l'équilibre. Elle se pratique avec des chevaux très calmes et bien dressés.

« Ce qui exclut Skipper, pensa Alison. Même si je le gardais, je ne pourrais plus le monter. »

– Merci, docteur. Je vais y réfléchir.

– Bonne chance, Alison. Ne désespérez pas. Souvenez-vous… patience.

– Facile à dire ! fulmina-t-elle en sortant de sa consultation. Et en plus, il faudra que j'en parle à maman !

Marion Chant rentrait du Japon dans quelques jours et Alison redoutait d'aborder ce sujet avec elle.

– Ne me dis pas que tu veux remonter à cheval ! s'écria Marion. Je croyais qu'on en avait terminé avec tout ça !

– C'est l'idée du docteur Liu, pas la mienne, rétorqua Alison.

Sa mère était à peine rentrée qu'elles s'opposaient déjà.

– Il est hors de question que tu remontes sur cet animal dangereux, tu m'entends ?

– Je ne monterai plus Skipper, maman. Je vais le vendre.

– Enfin une parole sensée. On va le confier à un courtier qui en tirera le meilleur prix.

– Ah non ! protesta Alison. Si on le confie à un courtier, il finira à l'abattoir.

À cet instant, Mme Chant fit irruption dans la pièce.

– Pourquoi ne pas demander l'avis de Walter, le grand-père de Chuck ? suggéra-t-elle en faisant un clin d'œil à Alison. Nous pourrions lui en parler pendant la soirée qui sera donnée au ranch pour l'anniversaire d'Alison.

Marion se laissa tomber sur une chaise.

– Quelle soirée ? Quel ranch ?

Alison savait que sa grand-mère préparait une surprise pour ses seize ans, mais elle ignorait qu'elle organisait une soirée au Bar Q ranch. Elle s'éclipsa pour laisser les deux femmes s'expliquer.

Tout en montant l'escalier, elle surprit des bribes de leur conversation :

– Je vais m'occuper d'Alison à présent. Vous pouvez rentrer à New York.

– Ma maison est en vente, ma chère. J'ai prévu d'acheter un appartement à Jackson Hole. En attendant, j'ai l'intention de rester ici avec ma petite-fille. Elle a besoin d'un chauffeur pour se rendre à ses séances de rééducation et pour l'accompagner en cours.

Alison se demanda ce que Chuck penserait de cette soirée organisée au Bar Q ranch pour son anniversaire.

La décision d'Alison

Plus tard, Mme Chant rejoignit sa petite-fille dans la cuisine.

– Si nous allions au ranch aujourd'hui pour parler à Walter de ton cheval ? Inutile d'attendre ton anniversaire. Je l'appelle pour le prévenir.

Sur ce, elle monta l'escalier avec une vivacité surprenante.

La mère d'Alison en resta bouche bée.

– Qu'arrive-t-il à ta grand-mère ? Ce n'est plus la même femme. Et depuis quand connaît-elle les McClintock ?

– Tu n'as qu'à le lui demander, se contenta de répondre Alison en riant.

La transformation de Mme Chant ne pouvait passer inaperçue ; même sa garde-robe s'était métamorphosée !

Elle avait acheté des chemises à franges et des bottes dans une boutique western de Calgary. Quand elle redescendit de sa chambre, elle portait un jean !

– On y va ! lança-t-elle en poussant Alison vers la porte.

Une fois au ranch, Alison comprit la véritable raison de leur visite. Le grand-père de Chuck avait sellé deux chevaux de randonnée.

– Ce sera comme au bon vieux temps, dit-il. Une jolie balade tranquille au milieu des pins.

– Et le cheval d'Alison ? demanda Mme Chant. N'oubliez pas que nous sommes venues consulter l'expert.

Le compliment remplit Walter de fierté.

– Ne vous inquiétez pas, Lizzie. Chuck connaît les chevaux aussi bien que moi, laissons-les se débrouiller.

Chuck secoua la tête en les regardant s'éloigner sur la piste sinueuse qui montait derrière le ranch.

– Ça alors ! Grand-pa emmène ta grand-mère en randonnée.

– Je ne pensais pas la voir un jour à cheval, encore moins sur une selle western.

Alison ajouta d'une voix timide :

– Je peux aller retrouver Skipper ?

Chuck lui adressa un regard impassible.

– Oui.

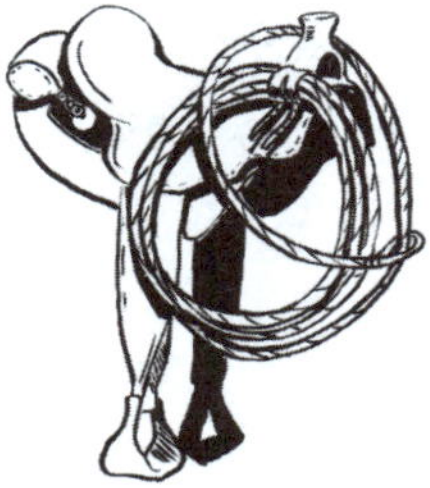

Lorsqu'ils arrivèrent à l'enclos, Skipper longeait nerveusement la barrière d'un air triste.

– Je le fais travailler tous les jours. Il a une petite raideur dans le poitrail, il ne peut pas allonger le trot et il boite encore de l'antérieur gauche.

Alison serra contre elle son bras blessé.

– À t'entendre, c'est sans espoir.

– Patience, la rassura-t-il. Il progresse.

– Tu penses qu'il pourra recommencer les courses de barils ?

Chuck s'arrêta net.

– Ne me dis pas que tu veux le faire courir !

– Réponds-moi. Il pourra de nouveau participer à des courses de barils ? C'est important.

– Je refuse d'en entendre parler ! s'emporta Chuck.

Et il gagna les écuries à grands pas.

Découragée, Alison se retourna vers l'alezan.

– Bonjour Skipper.

Le cheval agita la tête, lui jeta un coup d'œil, tourna sa croupe luisante vers elle et se mit à mâcher du foin. Elle poussa un profond soupir et rejoignit Chuck qui nettoyait un box.

– J'aimerais rencontrer Kristy, dit-elle.

Il jeta sa pelle pleine de paille humide et de crottin dans une brouette, et la regarda en plissant les yeux.

– À vos ordres, Majesté.

Alison se mordit la langue pour ne pas riposter.

Pendant le trajet, il ne prononça pas un mot.

Arrivés près du ranch des Jones, Alison posa la main sur le bras de Chuck.

– Je préfère continuer à pied et parler seule à Kristy et à son père.

Il se gara au bord du chemin.

– Tu es sûre ? Les Jones ne te portent pas dans leur cœur.

– Comme si je ne le savais pas, répliqua-t-elle avec colère.

Elle sortit du pick-up et lança :

– Je serai là dans une demi-heure.

La cour était déserte mais le camion cabossé du Double J ranch était garé devant l'écurie. Elle frappa à la porte avec appréhension. À cet instant, elle aurait donné n'importe quoi pour sentir la présence rassurante de Chuck à ses côtés.

Kristy ouvrit la porte et la dévisagea à travers la moustiquaire.

– Qu'est-ce que tu veux?

Alison la vit scruter la cour à la recherche du pick-up de Chuck.

– Je suis venue toute seule. Pour parler de Skipper.

Kristy s'apprêtait à refermer la porte, Alison s'empressa d'ajouter :

– Non ! Attends ! J'ai trouvé une solution pour que tu puisses le garder.

La silhouette de Mike Jones apparut derrière Kristy.

– Qu'est-ce que vous racontez ? gronda-t-il. Vous croyez qu'on accepte la charité ? Même si vous donniez ce cheval à ma fille, nous ne le prendrions pas.

– Mais, papa… implora Kristy.

– Je ne veux pas vous offrir Skipper ! insista Alison. Si vous me laissiez entrer, je pourrais vous expliquer.

– S'il te plaît, papa !

– Je me demande pourquoi j'accepte, grommela-t-il. Allez, entrez.

Une demi-heure plus tard, Alison rejoignait Chuck.

– Alors ? Comment ça s'est passé ?

– Bien, dit-elle en s'asseyant à côté de lui sans le regarder.

Le visage fier d'Alison avait une expression inconnue de lui.

– Tu ne veux pas me répondre ?

– Non. Pas avant d'être sûre. On peut rentrer au ranch ?

– Oui. Les amoureux doivent être de retour. Tu es au courant de la soirée qu'ils préparent pour ton anniversaire ? demanda-t-il sans enthousiasme.

Alison prit une profonde inspiration.

– Oui…

– Ça promet d'être grandiose, poursuivit-il. Grand-pa exige que je porte un smoking.

Elle se représenta Chuck, les joues rouges, les cheveux bien peignés, engoncé dans une veste et un pantalon noirs. Il détesterait ça.

– Inutile que tu te donnes cette peine pour moi, Chuck. Je ne voudrais surtout pas que tu sois mal à l'aise le jour de mon anniversaire.

Seize ans !

– Il n'est pas question d'annuler la fête prévue pour ton anniversaire, s'exclama Lizzie Chant, choquée.

– Et il faut obligatoirement que ce soit une grande soirée au Bar Q ranch ? soupira Alison.

– Walter et moi avons tout organisé !

– D'accord, d'accord. Mais je ne porterai pas ce truc.

Mme Chant lui avait offert une robe en tulle rose et blanc, ornée de dentelles et de perles.

– Je suis sûre qu'elle t'ira très bien. Essaie-la pour me faire plaisir.

Alison céda. La robe, irréelle, semblait flotter autour d'elle.

Mme Chant la regarda enfiler les bottes en cuir blanc qui complétaient la tenue, puis s'écria, les larmes aux yeux :

– Tu es merveilleuse.

Alison se regarda dans le miroir. L'image qu'elle y découvrit la cloua de surprise. Ses courts cheveux noirs et son cou mince étaient mis en valeur par le col en dentelle, sa taille fine accentuée.

– C'est… joli, bafouilla-t-elle. Mais ce n'est pas moi.

– C'est toi à seize ans, chérie. Enlève-la si tu veux, je sais que le goût d'une vieille dame n'a rien de commun avec celui d'une jeune fille, je t'ai vue, cela me suffit.

Alison soupira. Elle n'échapperait pas à cette soirée. Soudain, elle imagina Chuck en smoking. Eh bien, ils seraient ridicules tous les deux. Elle porterait cette robe.

Lorsque Alison franchit la porte du salon du Bar Q ranch, les meubles avaient été enlevés, à l'exception de quelques chaises alignées contre un mur et d'une longue table couverte d'une nappe blanche. Une estrade avait été installée au bout de la pièce ; une batterie et des pupitres attendaient les musiciens.

– Un orchestre ? murmura-t-elle.

Une banderole « Joyeux anniversaire Alison » entourée de dizaines de ballons pendait du plafond. D'énormes vases de fleurs décoraient les marches de l'escalier. Elle se sentit embarrassée. C'était extraordinaire.

La pièce était vide et silencieuse.

Elle s'avança, suivie de sa mère et de sa grand-mère, quand soudain une clameur éclata.

– SURPRISE !

Les invités surgirent dans l'escalier ; les musiciens montèrent sur l'estrade pour jouer *Joyeux Anniversaire* ; des serveurs en uniforme apparurent avec des plateaux chargés de mets et de boissons.

Elle resta bouche bée en voyant Becky et ses parents s'approcher d'elle.

– Becky !

Alison se jeta dans les bras de sa cousine.

– Comment es-tu arrivée ici ?

– Ta grand-mère s'est occupée de tout, expliqua Becky en riant. On est là depuis hier mais je n'avais pas le droit de t'appeler. Tu ne t'attendais pas à me trouver ici, hein ?

– Non, pas du tout ! Comme je suis contente que tu sois là ! Tu es magnifique.

Becky portait une robe bleue qui illuminait son teint et faisait ressortir la blondeur de ses cheveux.

– Ta grand-mère, encore. Elle a tellement insisté que je n'ai pas pu refuser.

– Tu n'imagines pas à quel point elle a changé. Je te raconterai…

Elle embrassait son oncle Dan et sa tante Laurie quand quelqu'un lui tapota l'épaule. Elle se retourna.

C'était Chuck.

Il avait l'air si raide et embarrassé dans sa chemise blanche et son smoking noir qu'elle eut pitié de lui.

– Je dois te présenter d'autres invités, murmura-t-il à son oreille. J'espère que tu ne m'en voudras pas.

Il s'écarta. Alison aperçut Kristy Jones, sa sœur Skye et leur père, qui s'avançaient vers elle.

– Madame Jones a accepté de laisser revenir la petite, chuchota-t-il à son oreille. Kristy m'a appris que tu lui vendais Skipper à un prix intéressant et qu'elle pourrait te payer en plusieurs fois. Désolé de ne pas avoir compris ce que tu essayais de me dire. Je trouve ton idée excellente.

Il se tut un instant avant d'ajouter :

– Oh là là ! Quelle robe !

Alison se retourna pour accueillir Kristy et son père.

– Je suis très heureuse que vous soyez venus. Chuck vous a dit que Skipper pourrait bientôt reprendre l'entraînement ?

Et elle ajouta avec un petit sourire :

– À condition que je ne le monte pas, bien sûr.

– Il courra et nous remporterons plein de courses ensemble, affirma Kristy, les yeux brillants d'excitation. Je te rembourserai avec l'argent qu'on gagnera, même si cela doit prendre des siècles !

– Oh, ce ne sera pas aussi long ! Skipper est un cheval formidable. Et toi une excellente cavalière, Kristy.

– Papa va beaucoup mieux maintenant, intervint Skye. Alors maman m'a laissée revenir à la maison.

Elle tournoya sur le parquet ciré.

– Tu aimes ma robe ?

– Oui, beaucoup. Tu es super jolie !

– Kristy est très heureuse de retrouver Skipper, avoua Mike Jones.

– Je n'aurais jamais dû l'acheter. Un ami me répète sans arrêt que l'argent n'achète pas tout, il a raison.

Elle adressa un sourire éclatant à Chuck qui le lui rendit.

– Il reste un invité que tu n'as pas encore vu, Alison. Viens, je vais te le présenter.

Il la prit par la main et l'entraîna sur la terrasse. La nuit était fraîche, pleine d'étoiles et de lanternes qui éclairaient la terrasse déserte.

Un cheval s'avança dans la lumière. Un bel animal à la tête fine et noble, aux yeux bruns très doux, à la robe sombre luisante. C'était l'un des plus beaux quarter horses qu'elle ait jamais rencontrés, un bai à crinière noire avec… un trèfle à quatre feuilles blanc sur le front.

– Lucky ? Lucky Ralph ? Il s'est… étoffé.

– Ça fait longtemps que tu ne l'as pas regardé, s'esclaffa Chuck. Il a eu le temps de reprendre du poids !

Elle s'approcha pour caresser l'épaule lisse et musclée du cheval.

– Il est magnifique. Mais qu'est-ce qu'il fait en liberté dans le jardin ?

– Lizzie m'a dit que tu avais besoin d'une monture calme pour rééduquer ton bras. J'espère que tu accepteras Lucky en cadeau d'anniversaire. J'espère aussi qu'il te portera chance. C'est le cheval le plus gentil du monde.

Alison se jeta au cou de Chuck, qui referma ses bras robustes autour d'elle.

– Merci, Chuck ! C'est le plus beau cadeau d'anniversaire que j'aie jamais reçu.

Elle rectifia en son for intérieur : « Non, mon plus beau cadeau, c'est que tu me serres dans tes bras. »

Ils laissèrent Lucky sur la pelouse pour regagner le salon.

L'orchestre jouait, les lumières étaient tamisées. Chuck défit son nœud papillon.

– Tu veux danser ? J'essaierai de ne pas te marcher sur les pieds.

Alison fut surprise de découvrir que Chuck était un très bon danseur.

Autour d'eux, Becky dansait avec Craig qui venait d'arriver, sa mère avec M. Jones. Lorsque les musiciens attaquèrent une valse, Walter et Lizzie s'envolèrent ensemble sur la piste dans un rythme parfait.

– Regarde-les, s'étonna Chuck. Je ne me doutais pas que grand-pa savait valser.

– On dirait qu'ils ne se sont jamais quittés. À croire qu'ils sont faits l'un pour l'autre.

« Comme Chuck et moi, peut-être », songea-t-elle.

Plus tard, au moment des toasts portés en l'honneur des seize ans d'Alison, Walter lança d'une voix solennelle :

– Elizabeth et moi nous sommes beaucoup amusés à organiser cette soirée. Disons qu'il s'agit de la répétition d'une autre fête à laquelle nous espérons vous inviter bientôt, lorsque cette charmante dame deviendra mon épouse.

Il entoura d'un bras les épaules de la grand-mère d'Alison et la fixa d'un air radieux.

Alison sourit. Elle se réjouissait que Lizzie ait retrouvé son cow-boy après tant d'années. Peut-être qu'elles s'entendraient bien désormais.

– Sortons, chuchota-t-elle à l'oreille de Chuck. J'ai envie de voir Lucky.

En réalité, elle mourait d'envie d'être seule avec Chuck.

Lucky Ralph, posté près d'un massif, mâchonnait des fleurs. Sa tache blanche en forme de trèfle à quatre feuilles brillait sur son front.

Alison se rapprocha de Chuck, immobile sur la terrasse.

– Tu as sauvé Lucky. Tu es sûr de vouloir t'en séparer ?

Chuck hocha la tête.

– Lucky n'a jamais été mon cheval. Je l'ai recueilli parce qu'il avait besoin d'aide. Un jour, j'en trouverai un autre que j'aimerai autant que Copper. Ce cheval est le tien. Il n'en fait qu'à sa tête, comme toi. Et il est rapide. Quand ton bras ira mieux, tu pourras participer à des courses de barils avec lui si tu en as envie.

– C'est merveilleux. Vivement que mon bras guérisse. On s'amusera bien ensemble. Tu nous emmèneras ?

– Bien sûr.

Elle se tourna vers lui. Les lanternes de la terrasse jetaient sur le visage du jeune homme une lumière douce. « J'ai seize ans, ma vraie vie commence, pensa-t-elle. J'ai un nouveau cheval, Lucky, et un ami, Chuck. »

Elle frissonna de joie et de froid.

– Il y a d'autres endroits où j'aimerais aller avec toi, dit-elle.

Il ôta sa veste pour l'en envelopper.

– Lesquels ?

– Au cinéma, à des concerts… j'ai seize ans. J'ai l'âge de sortir avec un garçon maintenant.

– Moi ?

– Qui d'autre ? répondit-elle en éclatant de rire.

Retrouvez

Le ranch des Mustangs

Becky, Meg et Alison,
leurs amis et leurs chevaux
dans

1. Cheval rêvé
2. Cheval de feu
3. Cheval de nuit
4. Cheval sauvage
5. Cheval fougueux
6. Cheval invisible
7. Cheval libre

TABLE DES MATIÈRES

Mauvaises nouvelles ... 7
Je veux un cheval ! ... 13
Un alezan nommé Skipper ... 19
Désarçonnée ! ... 23
Une rencontre au ranch ... 33
Coup de foudre ... 43
Présentations ... 51
Une course ... 57
Vingt mille dollars ... 63
En route pour le Double J ranch ... 71
Galop d'essai ... 77
Une nouvelle écurie ... 85
Entraînement ... 95
La première course ... 105
À l'hôpital ... 115
Apparition surprise ... 121
Prisonnière ... 131
Une visite inattendue ... 141
Des retrouvailles ... 149
De vieux amis ... 157
La décision d'Alison ... 165
Seize ans ! ... 173

Le ranch des Mustangs

Cheval rêvé

Meg, Alison et Becky rejoignent un ranch au cœur des montagnes Rocheuses pour partager la vie des chevaux. Sur la route, une tempête de neige surprend les trois jeunes cavalières et Silver, un yearling de rêve, en surgit…

Cheval de feu

Silver s'est échappé alors qu'un puma rôde dans la montagne ! Meg, Becky et Alison, parties à sa poursuite, sont piégées par un incendie de forêt. Peuvent-elles se fier au mustang sauvage qui vient à leur rencontre ?

Cheval de nuit
Un poulain peut-il survivre en pleine nuit dans les montagnes Rocheuses ?
Pour lui, Meg, Alison et Becky vont affronter les griffes d'un puma et le fusil d'un chasseur de primes…

Cheval sauvage
Meg, Alison et Becky passent leurs vacances dans un ranch du Wyoming.
Au cœur de paysages grandioses, elles tombent sous le charme des hardes de chevaux sauvages et des rodéos…

Le ranch des Mustangs

Cheval fougueux

Au ranch de Twin Rocks, Becky, Meg et Alison aident leurs nouveaux amis à vivre de leur passion du rodéo et à entraîner leurs montures avant une importante compétition…

Cheval invisible

Dans les Rocheuses, un cheval noir de légende hante la vallée de l'Arc-en-ciel. Becky, Meg et Alison croiront-elles en ce cheval invisible qui assiste les cavalières en péril ?

Cheval libre

Meg découvre le royaume des chevaux sauvages et tombe sous le charme d'un poulain, Rusty. Quand elle apprend que des hommes capturent des chevaux pour les vendre aux abattoirs, elle part les en empêcher malgré l'orage…

L'AUTEUR

Quand elle était petite, **Sharon Siamon** était déjà passionnée de chevaux. Elle ne marchait jamais, elle galopait partout sur un cheval imaginaire. À l'école, elle était à la tête d'une bande qui passait toutes les récréations dans un coin de la cour, baptisé le ranch, à jouer aux cavaliers. Chez elle, elle attirait les gros chevaux de trait de la ferme voisine avec des pommes, se hissait sur leur dos et filait comme le vent jusqu'à ce qu'ils se débarrassent d'elle en se faufilant sous un arbre aux branches basses.
Plus tard, elle n'a jamais manqué une occasion de s'approcher des chevaux, de les monter, de lire tout ce qui les concernait. Puis elle s'est mise à écrire des histoires pour les enfants et les adolescents qui rêvent d'avoir un cheval.
Sharon Siamon vit au Canada. Sa série *Le ranch des Mustangs* connaît un grand succès international.

L'ILLUSTRATRICE

Née en 1976, strasbourgeoise, **Stéphanie Hans** a fait les Arts décoratifs avant de travailler pour l'édition jeunesse et la bande dessinée. Pour elle, les couvertures sont la première main tendue vers le lecteur : elles doivent refléter, en une image unique, l'essence de l'intrigue.
Elle adore toutes les histoires, dès qu'elles font rêver, et est une cavalière occasionnelle mais passionnée.
Vous pouvez la retrouver sur son site :
http://stephaniehans.free.fr/blog

Retrouvez la collection
Rageot Romans
sur le site www.rageot.fr

Achevé d'imprimer en France en avril 2011
par l'imprimerie Hérissey à Évreux (Eure)
Dépôt légal : mai 2011
N° d'édition : 5358 - 01
N° d'impression : 116256